Der Meisterdieb

Der Geigenkasten

Helen Adams

I. Der Meisterdieb
Krimi

II. Der Geigenkasten
Krimi

Biographische Informationender deutschen Nationalbibliothek:

Die Deutsche Nationalbibliothek verzeichnet diese Publikation in der deutschen Nationalbiographie; detaillierte biographische Daten sind im Internet über dnb. dnb.de abrufbar.

Die automatisierte Analys des Werkes,um daraus Informationen insbesondere ber Muster, Trends und Korrelationen gemäß §44b UrhG(„Text und Data Mining") zu gewinnen, ist untersagt.

Satz, Verlag: BoD · Books on Demand GmbH, In de Tarpen 42, 22848 Norderstedt, bod@bod.de Druck: Libri Plureos GmbH, Friedensallee 273, 22763 Hamburg

ISBN: 978-3-7693-3825-6

Inhaltsangabe zu „Der Meisterdieb":

Personenverzeichnis von „Der Meisterdieb":

Pierre Laurant
Cassandra Cramer
Julian, Portier
Fred, Coupier
Tory, Dedektiv
Kevin Murou, französischer Kripobeamter
Duc de Gohier, Maurice und seine Frau Isabella
Richard und Margaret Darrow
Inspektor Ben Khalid
Tina, ältere Tochter von Cassandra
Tom und Marie, Kinder

I. Der Meisterdieb

1. Die Suche

„Guten Abend", begann der gut aussehende jungeTory und zog seinen Notizblock hervor. „Ich suche nach einer Frau, die vor ein paar Tagen eingecheckt haben könnte. Cassandra Cramer. Dunkle Haare, auffallend schön."

Die Rezeptionistin hob eine perfekt gezupfte Augenbraue. „Ich fürchte, ich kann Ihnen ohne richterliche Anordnung keine Informationen über unsere Gäste geben."

Tory lächelte charmant, zog dann ein Foto von Cassandra aus seiner Tasche und legte es auf den Tresen. „Ich verstehe Ihre Position, aber sie ist eine wichtige Zeugin in einem internationalen Fall. Sie wäre unschätzbar wertvoll, um ein Verbrechen aufzuklären."

Die Rezeptionistin zögerte, warf einen Blick über ihre Schulter und senkte ihre Stimme. „Ich erinnere mich an sie. Zimmer 305, aber sie ist selten im Hotel. Meist kommt sie spät abends zurück."

„Vielen Dank." Tory drückte ihr einen 50-Euro-Schein in die Hand. „Das bleibt unter uns."

Noch in derselben Nacht positionierte sich Tory in der

Hotelbar, die eine gute Sicht auf die Lobby bot. Kurz vor Mitternacht betrat Cassandra in einem schwarzen Mantel und einer großen Sonnenbrille das Hotel, ihr Gang selbstbewusst, aber unauffällig.

„Cassandra Cramer," sagte Tory laut genug, dass sie ihn hörte, als sie an ihm vorbeiging. Sie hielt inne, eine leichte Spannung durchlief ihren Körper, bevor sie sich umdrehte.

„Tory," sagte sie mit einem kühlen Lächeln. „Ich hatte gehofft, dich nicht so bald wiederzusehen."

„Ich wünschte, das wäre ein Zufallstreffen", sagte Tory, während er aufstand und sich vor sie stellte. „Aber wir beide wissen, dass es das nicht ist. Vielleicht möchtest du mir erklären, was in Monaco passiert ist?"Cassandra lachte leise, fast spöttisch. „Vielleicht sollten wir uns setzen. Dies ist schließlich ein öffentliches Hotel, und ich wäre nicht erfreut, wenn jemand falsche Schlüsse zieht."

Sie setzte sich an einen Tisch in der Ecke, Tory folgte ihr.„Fang an zu reden", sagte Tory kühl. „Oder möchtest du warten, bis die Polizei auch hier auftaucht?"Cassandra lehnte sich zurück, ein verführerisches Lächeln umspielte ihre Lippen. „Ich bin sicher, dass wir das alles auf eine… diskretere Art klären können. Du bist doch nicht wirklich hier, um mich verhaften zu lassen, oder?"

Tory spürte, wie sich das Netz um Cassandra immer

enger zog – aber auch, wie sie versuchte, ihn in ihres zu ziehen. Doch diesmal würde sie nicht entkommen.

Tory beobachtete aufmerksam, wie Cassandra ihm gegenüber saß, ihr Lächeln kühl, aber dennoch eine Spur nervös. Ihr Blick wanderte immer wieder unauffällig in Richtung Lobby. Dann fiel sein Augenmerk auf einen Mann, der in die Halle trat – Pierre. Er wirkte ruhig, doch seine Augen scannten die Umgebung, bis sie auf Cassandra haften blieben. Es war nur ein flüchtiger Moment, aber Tory bemerkte, wie eine stumme Botschaft zwischen ihnen ausgetauscht wurde.

„Interessant," dachte Tory. Er spielte die Situation in Gedanken durch und überlegte, wie er die beiden überführen könnte. Doch ohne Beweise war er machtlos.

„Ein alter Freund von dir?" fragte Tory beiläufig und lehnte sich zurück, um nicht allzu verdächtig zu wirken.

Cassandra zuckte leicht zusammen, bevor sie die Fassung zurückgewann. „Ich habe keine Ahnung, wovon du sprichst."

Tory ließ das Thema fallen – vorerst. Er wusste, dass er tiefer graben musste, um an die Wahrheit zu gelangen. Ein riskanter Plan nahm in seinem Kopf Gestalt an.

2. Ein Spiel der Täuschung

In den folgenden Tagen intensivierte Tory seine Bemühungen, Cassandra näherzukommen. Er ließ seine Ermittlerrolle für den Moment beiseite und zeigte sich charmant und aufmerksam, ganz der Gentleman. Er lud sie zu Dinnern ein, erzählte ihr Geschichten aus seiner Vergangenheit und gab sich als Mann aus, der von ihr fasziniert war. Cassandra, zunächst misstrauisch, hielt ihn auf Distanz.

„Du bist doch nur hier, um mich zu beobachten," sagte sie eines Abends, als sie auf einer Terrasse mit Blick auf den Tejo standen.

„Ich bin hier, weil ich dich kennenlernen will," erwiderte Tory mit einem Lächeln, das ehrlicher wirkte, als er selbst geplant hatte. „Vielleicht habe ich dich unterschätzt, Cassandra."

Ihre Augen verengten sich, aber sie erwiderte nichts.

3. Gefühle und Geständnisse

Nach Wochen des Zögerns begann Cassandra, Torys Bemühungen zu erwidern. Sie verbrachten Zeit miteinander, sprachen über Kunst, Musik und das Leben. Doch Tory spürte, dass ein Schatten über Cassandra lag. Eines Nachts, während eines Spaziergangs durch die engen Straßen von Alfama, hielt sie plötzlich an. Tränen standen in ihren Augen.

„Warum bist du wirklich hier?" fragte sie, ihre Stimme bebte.

Tory hielt einen Moment inne, bevor er antwortete. „Ich dachte, ich wüsste es. Aber jetzt… jetzt bin ich mir nicht mehr sicher."

Cassandra brach in Tränen aus. „Ich kann das nicht mehr, Tory. Ich kann das alles nicht mehr." Sie rang nach Luft, bevor sie weitersprach. „Pierre… er hat mich gezwungen. Er hat mir gedroht, meine Familie zu verletzen, wenn ich ihm nicht helfe. Ich spioniere reiche Leute für ihn aus. Er ist der Kopf hinter all dem."

Torys Herz zog sich zusammen, als er die Verzweiflung in ihrer Stimme hörte. Sie wirkte wie eine Frau, die jahrelang unter einer Last gelitten hatte, die sie nicht mehr tragen konnte.

„Cassandra…" sagte er sanft und legte eine Hand auf

ihre Schulter. „Du kannst damit aufhören. Lass mich dir helfen."

„Du verstehst nicht," schluchzte sie. „Er hat überall Kontakte. Wenn ich ihn verrate, bin ich erledigt."

„Nicht, wenn wir zusammenarbeiten," erwiderte Tory entschlossen. „Ich werde dich nicht allein lassen, Cassandra. Vertrau mir."

4. Ein riskanter Plan

Während Cassandra sich langsam öffnete, begann Tory, einen Plan zu entwickeln. Er musste Pierre überführen und Cassandra schützen. Doch er wusste, dass die Grenze zwischen seiner Rolle als Ermittler und seinen wachsenden Gefühlen für Cassandra immer unschärfer wurde.

Die Frage war: Würde er beides miteinander vereinbaren können? Oder würde diese gefährliche Liebe alles zerstören?

Die Situation zwischen Cassandra, Tory und Pierre spitzte sich gefährlich zu. Pierre, der die wachsende Nähe zwischen Cassandra und Tory bemerkt hatte, war alles andere als erfreut. Er war ein Mann, der Kontrolle schätzte – über seine Geschäfte, seine Pläne und vor allem über Cassandra. Ihr plötzlicher Widerstand machte ihn misstrauisch, und Torys Anwesenheit in Lissabon war für ihn ein Zeichen, dass etwas nicht stimmte.

5. Pierres Drohung

Es war eine späte Nacht im Hotel Salvatore, als Pierre Cassandra aufsuchte. Sie saß alleine in ihrem Zimmer und blickte durch das Fenster auf die Lichter der Stadt, als die Tür aufging. Pierre trat ein, seine Bewegungen leise, doch seine Präsenz füllte sofort den Raum.

„Wir müssen reden," sagte er, seine Stimme kühl, aber gefährlich leise.

Cassandra drehte sich langsam um, ihre Augen voller Angst und Schuld. „Pierre, ich wollte gerade–"

„Spar dir die Erklärungen," unterbrach er sie scharf. „Ich weiß genau, was hier läuft. Dieser Tory – er hat dich um den Finger gewickelt, nicht wahr?"

„Nein, das ist nicht so!" Cassandra versuchte, ruhig zu bleiben, doch ihre Stimme zitterte.

Pierre trat näher, seine Augen bohrten sich in ihre. „Ich habe dir alles gegeben, Cassandra. Sicherheit, Schutz – und jetzt willst du mich verraten? Für ihn?"

„Ich verrate dich nicht," flüsterte sie, Tränen in den Augen. „Ich will nur ein normales Leben, Pierre. Ich kann das nicht mehr."

Pierre lachte kalt. „Ein normales Leben? Glaubst du, das ist eine Option für jemanden wie dich? Du weißt zu viel, Cassandra. Wenn du gehst, bist du eine Gefahr – für mich und für alle, die mit mir arbeiten."

Er packte sie am Arm, nicht grob, aber fest genug, um seinen Punkt zu verdeutlichen. „Du wirst ihn verlassen. Jetzt. Und du wirst ihm sagen, dass du ihn nie geliebt hast. Wenn du das nicht tust… nun, du weißt, was ich tun kann."

Cassandra erstarrte. Sie wusste, dass Pierre seine Drohungen ernst meinte. Er hatte Verbindungen, die über das hinausgingen, was sie sich vorstellen konnte. Sie hatte keine Wahl.

6. Die Trennung

Am nächsten Tag suchte Cassandra Tory auf. Sie traf ihn in einem kleinen Café, das sie oft zusammen besucht hatten. Tory wartete bereits, seine Augen leuchteten auf, als er sie sah. Doch sein Lächeln verblasste, als er den Ausdruck in ihrem Gesicht bemerkte.

„Cassandra, was ist los?" fragte er, seine Stimme besorgt.

Sie setzte sich ihm gegenüber und hielt seinen Blick nicht stand. „Tory, ich… ich kann das nicht mehr," begann sie, ihre Stimme tonlos. „Ich war töricht, zu glauben, dass wir… dass ich… etwas anderes haben könnte."

„Was redest du da?" Tory lehnte sich vor, seine Augen suchten nach einer Erklärung. „Ist das wegen Pierre? Hat er dir gedroht?"

Cassandra schüttelte den Kopf, ihre Tränen begannen zu fließen. „Das hat nichts mit Pierre zu tun. Es geht um uns. Ich habe dich nie geliebt, Tory. Das war alles nur ein Spiel."

Torys Gesicht erstarrte, doch er ließ sie nicht aus den Augen. „Das glaubst du selbst nicht. Cassandra, ich kenne dich. Ich habe gesehen, wie du dich mir geöffnet hast."

Sie stand auf, wischte sich die Tränen weg und zwang sich zu einem kalten Lächeln. „Glaub, was du willst. Aber ich bin weg. Leb wohl, Tory."

Sie ging, ohne sich umzudrehen, obwohl ihr Herz bei jedem Schritt schmerzte.

7. Tory`s hartnäckiges Handeln

Tory wusste, dass Cassandra ihn belog. Er kannte die Angst in ihren Augen und die Tränen, die sie nicht hatte verbergen können. Pierre musste sie gezwungen haben. Doch warum? Was hatte er zu verbergen?

Tory beschloss, nicht aufzugeben. Wenn Cassandra nicht frei sprechen konnte, würde er die Wahrheit auf andere Weise finden. Er musste Pierre zu Fall bringen – nicht nur, um Cassandra zu retten, sondern auch, um die Verbrechen, die er orchestrierte, ans Licht zu bringen.

Das Spiel war noch lange nicht vorbei. Und Tory wusste, dass er all sein Können einsetzen musste, um dieses gefährliche Spiel zu gewinnen.

8. Die Jagd nach Casablanca

Tory war in seinem Hotelzimmer in Lissabon, als er eine verschlüsselte Nachricht erhielt. Sie war von Cassandra. Ihre Worte waren kurz und knapp, aber voller Dringlichkeit:

„Pierre plant einen Coup in Casablanca. Sei dort, bevor es zu spät ist. Ich kann nicht mehr lange helfen."

Tory wusste, dass Cassandra damit ihre eigene Sicherheit riskierte. Es war der erste konkrete Beweis, dass sie nicht nur ein Opfer, sondern auch eine heimliche Verbündete war. Ohne zu zögern buchte er den nächsten Flug nach Casablanca.

Die Stadt glitzerte in der warmen Nacht, die Straßen waren voller Leben, doch Tory konzentrierte sich einzig auf das **Hotel Al-Mahdi**, ein prächtiges Gebäude im Herzen der Altstadt. Er hatte Pierre und Cassandra bereits beim Check-in beobachtet und wusste, dass heute Nacht etwas passieren würde.

Er verbrachte Stunden in einem verlassenen Café gegenüber dem Hotel, die Augen auf die oberen Etagen gerichtet. Gegen Mitternacht bemerkte er eine Gestalt in schwarzer Kleidung, die über die Dächer schlich. Sie bewegte sich mit der Präzision eines Profis, leise wie ein Schatten. Tory zog sein Fernglas hervor und verfolgte jede Bewegung.

Die Gestalt befestigte ein Seil an einem Schornstein und ließ sich an der Seite des Gebäudes hinabgleiten. Ziel war ein Zimmer im vierten Stock. Torys Herz schlug schneller. Diesmal würde er Pierre auf frischer Tat ertappen.

Tory bewegte sich schnell. Er hatte bereits den Zugang zu den oberen Stockwerken gesichert und wartete in einem dunklen Flur nahe des Zimmers, in das Pierre eindrang. Durch einen kleinen Spalt konnte er beobachten, wie der Dieb sich mit geschickten Händen an den Safe im Zimmer machte. Es dauerte nicht lange, bis der Safe geöffnet war und Pierre Diamanten und Bargeld in einen schwarzen Beutel stopfte.

Plötzlich hörte Pierre ein Geräusch hinter sich. Er drehte sich blitzschnell um, die Augen wachsam. Doch der Flur war leer. Tory hatte sich rechtzeitig zurückgezogen und beobachtete weiter aus sicherer Entfernung.

Als Pierre wieder auf das Dach kletterte, folgte Tory ihm lautlos. Auf dem Dach angekommen, stellte er sich dem Dieb in den Weg.

„Das Spiel ist aus, Pierre," sagte Tory, seine Stimme ruhig, aber fest.

Pierre erstarrte, dann begann er zu lachen, ein kaltes,

höhnisches Lachen. „Tory. Der selbsternannte Retter. Glaubst du wirklich, du kannst mich aufhalten?"

„Ich weiß, was du tust, und ich habe Beweise. Cassandra hat mir alles erzählt."

Pierre's Gesicht veränderte sich, sein Lächeln verschwand. „Cassandra?" zischte er. „Dieses dämliche Mädchen hat dich informiert? Ich hätte es wissen müssen."

Er griff in seine Tasche und zog ein Messer hervor. „Du solltest besser verschwinden, bevor dir etwas passiert."

Tory blieb ruhig. „Das wird nicht nötig sein. Die Polizei ist bereits informiert. Sie warten unten, um dich in Empfang zu nehmen."

Pierre zögerte, blickte über den Rand des Daches. Unten sah er tatsächlich Polizeiwagen, die vor dem Hotel hielten. Sein Blick wanderte zurück zu Tory, seine Augen voller Zorn.

„Das wirst du bereuen," knurrte er und machte einen plötzlichen Satz zur Seite, um zu fliehen. Doch Tory war schneller. Er packte Pierre am Arm und warf ihn mit einem geschickten Griff zu Boden. Das Messer fiel klirrend zur Seite.

Doch Pierre – flink wie ein Wiesel- schnellte ruckartig hoch und stieß Tory unsanft mit dem Fuß zurück. Fluchs war er hinter dem Kamin verschwunden.

Am nächsten Morgen kontaktierte er Cassandra, die sich in einem kleinen Apartment in Casablanca versteckte. Als sie die Tür öffnete und Tory sah, brach sie in Tränen aus.

„Er weiß es," flüsterte sie. „Er wird mich finden."

„Nicht, solange ich bei dir bin," sagte Tory entschlossen. „Wir bringen ihn zu Fall. Für immer."

Die beiden wussten, dass der Kampf noch nicht vorbei war, aber sie hatten etwas, das Pierre nicht hatte – einander und die Wahrheit.

9. Das Chaos im Hotel Al-Mahdi

Während Tory und Pierre ihre gefährliche Auseinandersetzung auf dem Dach austrugen, herrschte im **Hotel Al-Mahdi** selbst Unruhe. Ein Gast, der zu viel im hauseigenen Casino getrunken hatte, wurde vom Sicherheitspersonal unsanft hinausbefördert. Lautstark protestierte er, bevor er schließlich in die Nacht verschwand. Die meisten Gäste schenkten der Szene keine Beachtung, bis ein anderer Besucher plötzlich mitten im Casino zusammenbrach. Pierre nutzte die Chance, zu entkommen, als alle vom Tumult abgelenkt waren.

Panik brach aus. Ein Kellner versuchte, Erste Hilfe zu leisten, während jemand die Rezeption alarmierte. Doch für den Mann kam jede Hilfe zu spät. Der herbeigerufene Arzt stellte den Tod fest, und die Polizei wurde informiert.

Der Tote wurde als **Richard Darrow**, ein britischer Geschäftsmann, identifiziert. Seine Ehefrau, **Margaret Darrow**, war geschockt, wirkte jedoch gefasst. Margaret war bekannt für ihren Reichtum, den sie aus einer einflussreichen Familie geerbt hatte. Jetzt würde sie zusätzlich das gesamte Vermögen ihres Mannes erhalten.

Kriminalbeamte, darunter der französische Ermittler **Kevin Murou**, der den Fall aus Monaco verfolgte, und ein lokaler marokkanischer Kollege, **Inspektor Ben Khalid**, leiteten die Ermittlungen. Während der Obduktion stellte sich heraus, dass Richard Darrow vergiftet worden war – ein tödliches Gift, das möglicherweise in seinen Drink im Casino gekippt worden war.

Während die Ermittlungen liefen, kam ein weiterer Hinweis: Margaret Darrow meldete, dass aus ihrem Safe im Hotelzimmer **Diamanten und ein wertvolles Perlencollier** fehlten, die ihr Mann ihr kürzlich geschenkt hatte.

10. Cassandra gerät ins Visier

Da Cassandra Cramer bereits in früheren Diebstählen involviert war, rückte sie schnell ins Visier der Ermittler. Sie wurde zum Verhör gebeten. Im kühlen Verhörraum der örtlichen Polizeistation saß sie Kevin Murou und Inspektor Ben Khalid gegenüber.

„Frau Cramer," begann Murou, seine Stimme ruhig, aber bestimmt, „Sie scheinen eine besondere Vorliebe für luxuriöse Hotels und reiche Gesellschaften zu haben. Zufällig sind Sie immer dort, wo große Summen und wertvolle Schmuckstücke verschwinden."

Cassandra hielt den Blickkontakt, obwohl ihre Hände leicht zitterten. „Ich habe mit dem Tod dieses Mannes nichts zu tun. Und ich habe auch keine Diamanten gestohlen."

„Interessant," sagte Ben Khalid, der einen Ordner mit den bisherigen Erkenntnissen durchblätterte. „Sie haben in mehreren Fällen keinen Alibi-Beweis vorlegen können. Außerdem gibt es eine Verbindung zwischen Ihnen und Pierre Laurent, einem bekannten Dieb."

Cassandra presste die Lippen zusammen. Sie wusste, dass Pierre verschwunden war und sie die volle Last der Anschuldigungen tragen würde. Doch sie blieb bei ihrer Linie: „Ich bin nicht schuldig."

Während Cassandra verhört wurde, hatte Pierre die Situation längst erkannt. Unter dem Vorwand, in die Stadt zu gehen, hatte er das Hotel heimlich durch einen Seitenausgang verlassen. Mit einem gefälschten Pass bestieg er einen Nachtflug nach Singapur, wo er hoffte, unterzutauchen.

Tory erfuhr von Pierres Flucht durch die Ermittler. Wut und Enttäuschung kochten in ihm hoch, doch sein Fokus lag auf Cassandra. Er wusste, dass sie im Zentrum des Netzes stand, das Pierre und seine Verbrechen umgab.

Die Ermittlungen ergaben, dass das Perlencollier und die Diamanten bereits vor Darrows Tod aus dem Safe gestohlen worden waren. War der Mord an Darrow Teil eines größeren Plans? Oder war der Diebstahl eine unabhängige Tat?

Margaret Darrow, die Ehefrau des Opfers, wurde ebenfalls genauer untersucht. Ihre gelassene Reaktion auf den Tod ihres Mannes weckte bei Inspektor Ben Khalid Verdacht. Könnte sie mehr wissen, als sie zugab?

Tory beschloss, Cassandra zu vertrauen und ihr zu helfen, aus diesem Netz aus Intrigen und Verrat zu entkommen. Doch dazu musste er nicht nur Pierre finden, sondern auch die Wahrheit hinter Richard Darrows Tod aufdecken.

Die Obduktion von Richard Darrow bestätigte, dass er mit einem seltenen, schwer nachweisbaren Gift getötet worden war. Dies ließ keinen Zweifel mehr zu: Sein Tod war kein Unfall. Zunächst wurde Cassandra als Hauptverdächtige festgehalten, doch mangels eindeutiger Beweise und durch neue Ermittlungserkenntnisse, die Pierre stärker in den Fokus rückten, kam sie vorläufig wieder auf freien Fuß.

Cassandra war dennoch alles andere als frei. Pierre hatte sie erneut kontaktiert – diesmal aus London. Seine Nachricht war unmissverständlich: **„Hilf mir oder ich lasse die Polizei alles über dich erfahren. Du weißt, was das bedeutet."**

11. Pierre in London

Pierre tauchte unter dem Radar der Polizei in London ab und setzte seine kriminellen Aktivitäten fort. Er richtete seine Aufmerksamkeit auf reiche Geschäftsleute und Mitglieder der High Society, wobei er mit seiner gewohnten Präzision vorging. Er bewegte sich geschickt durch exklusive Kreise und baute eine neue Tarnidentität auf, während er weiterhin Cassandra manipulierte.

Cassandra war zerrissen. Sie wollte sich aus Pierres Netz befreien, doch seine Drohungen waren zu real. Ein falscher Schritt, und sie könnte für die Diebstähle in Monaco, Casablanca und London verantwortlich gemacht werden – oder Schlimmeres.

Tory ließ sich nicht beirren. Nachdem er von Pierres Flucht nach London erfahren hatte, reiste er ebenfalls dorthin. Sein Ziel war klar: Pierre aufzuhalten und Cassandra zu befreien. Doch in einer Stadt wie London war es schwierig, jemanden zu verfolgen, der jede Bewegung kalkuliert plante.

Tory begann, in exklusiven Clubs und Casinos nach Hinweisen zu suchen. Es war mühsam, doch seine Geduld zahlte sich aus. Er erfuhr von einem geplanten Charity-Event, bei dem wertvolle Kunstwerke und Juwelen ausgestellt werden sollten –

genau die Art von Gelegenheit, die Pierre nutzen würde.

Pierre zwang Cassandra, ihn bei diesem Coup zu unterstützen. Sie sollte als seine Ablenkung dienen, wie schon so oft zuvor. Doch diesmal wusste Cassandra, dass Tory in der Stadt war. Sie schrieb ihm eine kryptische Nachricht, in der sie ihn auf das Event hinwies:

„Er wird zuschlagen. Ich werde dort sein. Tu, was du tun musst."

Cassandra fühlte sich wie eine Schachfigur in einem Spiel, das sie nicht kontrollieren konnte. Ihre Angst, Pierre zu verraten, wurde von ihrer wachsenden Hoffnung überlagert, dass Tory sie retten könnte.

Am Abend des Charity-Events mischte sich Tory unter die Gäste, unauffällig, aber wachsam. Er beobachtete die Menge und suchte nach Cassandra und Pierre. Es dauerte nicht lange, bis er sie sah: Pierre in einem eleganten Anzug, charmant und souverän, Cassandra an seiner Seite, ihre Anspannung hinter einem gezwungenen Lächeln verborgen.

Tory folgte den beiden, hielt sich jedoch im Hintergrund. Er bemerkte, wie Pierre sich unauffällig von Cassandra entfernte und auf eine verschlossene Tür zusteuerte – vermutlich ein Raum, in dem die wertvollsten Stücke des Abends aufbewahrt wurden.

Tory handelte schnell. Er alarmierte die Polizei, die bereits über die vorherigen Ermittlungen informiert war, und folgte Pierre in den Raum. Dort fand er Pierre, wie dieser gerade einen Tresor knackte.

„Das war's, Pierre," sagte Tory, seine Stimme ruhig, aber fest.

Pierre fuhr herum, ein höhnisches Lächeln auf den Lippen. „Tory. Du weißt, dass du mich nicht stoppen kannst. Nicht wirklich."

Doch in diesem Moment stürmte die Polizei den Raum. Pierre ergriff seine Chance zur Flucht. Als die Polizei Pierre in London festnehmen wollte, nutzte er einen unbeobachteten Moment, um durch ein offen stehendes Fenster zu entkommen. Trotz ihrer Bemühungen konnte ihn die Polizei nicht mehr einholen. Pierre, ein Meister der Flucht, hatte bereits einen neuen Plan geschmiedet – diesmal in **Paris**, wo er sich erneut Zugang zu den Reichen und Mächtigen verschaffen wollte.

Er kontaktierte Cassandra und befahl ihr, ihm zu folgen. „Du weißt, was passiert, wenn du nicht kommst," sagte er kühl am Telefon. Cassandra fühlte sich gefangen. Sie wusste, dass Pierre alles über sie preisgeben könnte, wenn sie ihm nicht half. Widerwillig packte sie ihre Sachen und machte sich auf den Weg nach Paris.

Bevor sie abreiste, schrieb Cassandra Tory eine

geheime Nachricht und versteckte sie in seinem Hotelzimmer. Darin stand:

„Paris. Hôtel du Louvre. Er plant etwas Großes. Ich werde da sein – du weißt, warum."

Tory fand die Nachricht, als er zurückkam, und erkannte, dass Cassandra ihn erneut um Hilfe bat. Er wusste, dass sie weiterhin unter Pierres Kontrolle stand, aber ihre Botschaft zeigte, dass sie sich nicht mit ihrem Schicksal abfinden wollte.

Tory handelte sofort. Er informierte die **englische Polizei**, da Pierre möglicherweise noch Kontakte und Verbindungen in London hatte, und warnte sie vor einem möglichen weiteren Coup. Anschließend setzte er sich mit Interpol und den französischen Behörden in Verbindung, um Pierre in Paris zu stellen.

Die Informationen, die Tory weitergab, deuteten darauf hin, dass Pierre einen besonders wertvollen **Diamantenraub** plante. Das Ziel: eine exklusive Ausstellung im Hôtel du Louvre, bei der einige der teuersten Juwelen der Welt präsentiert wurden.

12. Die Operation in Paris

Tory flog selbst nach Paris, wo er sich mit den französischen Behörden abstimmte. Sie planten eine verdeckte Operation, um Pierre auf frischer Tat zu ertappen. Das Hôtel du Louvre war bereits ein Hochsicherheitsbereich, doch Pierre hatte in der Vergangenheit gezeigt, dass er selbst die ausgeklügeltsten Systeme umgehen konnte.

Cassandra, inzwischen in Paris angekommen, wurde von Pierre angewiesen, Informationen über die Sicherheitsmaßnahmen der Ausstellung zu sammeln. Sie tat, was er verlangte, doch ihre Nerven lagen blank. Sie wusste, dass Tory in der Nähe war, doch sie musste vorsichtig sein, um Pierre nicht misstrauisch zu machen.

Am Abend des geplanten Raubs war das Hôtel du Louvre voller eleganter Gäste, darunter Tory, der sich unter die Besucher gemischt hatte. Pierre beobachtete alles aus der Ferne, während Cassandra gezwungen war, die letzten Details seines Plans umzusetzen.

Paris war Pierres neues Ziel. Er wählte die Stadt nicht nur wegen ihrer Romantik, sondern auch wegen ihrer wohlhabenden Elite und exklusiven Hotels, die für seine Pläne wie geschaffen waren. Sein Fokus lag auf dem **Hotel de Fleur**, einem Luxushotel, das regelmäßig die reichsten Persönlichkeiten der Welt beherbergte.

Cassandra, die erneut von den Ermittlungen freigesprochen wurde, da weder der Mord noch die Diebstähle ihr nachgewiesen werden konnten, fühlte sich weiterhin von Pierre gefangen. Er hielt ihre Vergangenheit wie ein Damoklesschwert über ihrem Kopf. Doch tief in ihr keimte der Wunsch, diesem Kreislauf zu entkommen.

Tory, der Pierres Spur nach Paris gefolgt war, beobachtete die beiden aus einem Taxi heraus, als sie zusammen das Hotel de Fleur betraten. Seine Augen verengten sich, als er sah, wie Cassandra ihm folgte – sichtbar angespannt, aber nicht widersetzend.

Er wusste, dass Cassandra in einer schwierigen Lage war. Ihre Abhängigkeit von Pierre machte es für sie unmöglich, einfach auszusteigen. Aber er glaubte fest daran, dass sie ihm helfen würde, wenn er sie erreichte.

Im Hotelzimmer konfrontierte Pierre Cassandra mit seinem nächsten Plan. „Dieses Hotel ist perfekt. Die Gäste tragen ihren Reichtum förmlich zur Schau. Und das Beste: Niemand wird uns verdächtigen – solange du deinen Teil erfüllst."

Cassandra nickte mechanisch, doch in ihrem Inneren brodelte es. Sie konnte nicht ewig so weitermachen. Die Schuldgefühle lasteten schwer auf ihr, und die ständige Angst vor Entdeckung zerrte an ihren

Nerven. In einem unbemerkten Moment schrieb sie eine kurze Nachricht an Tory:

Cassandra hatte sich entschieden, Pierre endgültig zu überführen. Sie trug ihr auffälliges rotes Kleid, das tief dekolltiert war – ein Outfit, das sie schon oft als Ablenkung für Pierres Pläne genutzt hatte. Diesmal diente es einem anderen Zweck: Sie wollte Pierre in Sicherheit wiegen und Tory gleichzeitig alle notwendigen Hinweise geben.

Als sie mit Pierre den Flur entlangging, ließ sie wie zufällig einen kleinen Zettel fallen. Tory, der unauffällig folgte, hob ihn auf und las die hastig gekritzelte Nachricht:

„Zimmer 117. Bis 1 Uhr. Er wird den Safe knacken. Sei bereit."

Torys Puls beschleunigte sich. Er hatte weniger als eine Stunde Zeit, um Pierre auf frischer Tat zu ertappen.

Tory wusste, dass Pierre ein erfahrener Dieb und Kletterer war. Ihn zu fassen würde Strategie und Präzision erfordern. Er kontaktierte die Polizei und informierte sie über den Plan. Gemeinsam entschieden sie, Pierre zu überraschen, bevor er fliehen konnte.

Um sicherzustellen, dass Pierre keine Chance zur Flucht hatte, wurde Folgendes organisiert:

1. **Überwachung der Fenster:** Ein Polizist wurde unter dem Fenster von Zimmer 117 positioniert, um Pierres möglichen Fluchtweg abzuschneiden.
2. **Blockierung des Flures:** Ein Team von Polizisten positionierte sich diskret an beiden Enden des Flures.
3. **Versteckte Kamera:** Tory brachte eine kleine, tragbare Kamera mit, um Beweise für Pierres Verbrechen zu sichern.

Kurz vor 1 Uhr schlich sich Pierre in Zimmer 117. Er hatte Cassandra angewiesen, in ihrem eigenen Zimmer zu bleiben und sich nicht einzumischen. Mit seiner gewohnten Präzision begann er, den Safe zu knacken. Das leise Klicken der Zahlenkombination war das einzige Geräusch im Raum.

Das Zimmer war dunkel, nur das leise Ticken einer Standuhr durchbrach die Stille. Tory hatte sich hinter einer Gardine postiert, die nahe dem Fenster hing, durch das Pierre erwartungsgemäß eindringen würde. Die Minuten zogen sich wie Stunden.

13. Der entscheidende Moment: Torys Falle

Tory wusste, dass er keine Zeit zu verlieren hatte. Nachdem er Cassandras Hinweis erhalten hatte, ging er direkt zum Gast in **Zimmer 117**, einem wohlhabenden Juwelenhändler. Der Mann war verständlicherweise nervös, doch Tory überzeugte ihn, bei einer Falle mitzuspielen.

„Verhalten sie sich so wie immer und gehen sie schlafen," erklärte Tory. „Ich werde mich im Zimmer verstecken und auf ihn warten. Sobald er eindringt, werde ich ihn mir schnappen."

Das Zimmer war in völlige Dunkelheit gehüllt, nur das Mondlicht fiel schwach durch die Vorhänge und ließ die Umrisse der luxuriösen Einrichtung erkennen. Tory stand hinter einer schweren Gardine, sein Atem flach, seine Hände feucht vor Anspannung. Der **Juwelenhändler**, der in einem Nebenraum schlief, schnarchte leise – ein beruhigendes Geräusch, das die Stille durchbrach und die Illusion eines normalen, sicheren Abends erzeugte.

Die Uhr zeigte 00:45. Tory wusste, dass Pierre jeden Moment eintreffen würde. Jede Sekunde zog sich wie eine Ewigkeit, und das leise Tropfen eines undichten Wasserhahns im Badezimmer ließ ihn zusammenzucken.

Plötzlich war ein leises Geräusch zu hören – ein Scharren, gefolgt von einem dumpfen Klopfen. Torys Herz setzte kurz aus, bevor es schneller schlug. Dann öffnete sich das Fenster lautlos, und eine schwarz gekleidete Gestalt glitt geschmeidig ins Zimmer. Pierre bewegte sich mit der Präzision eines Raubtiers, seine Schritte lautlos, sein Blick wachsam.

Er blieb einen Moment lang stehen, seine Augen wanderten durch den Raum, als würde er nach unsichtbaren Gefahren suchen. Tory presste sich noch enger hinter die Gardine, sein Herzschlag dröhnte in seinen Ohren. Ein falscher Atemzug, und Pierre könnte ihn entdecken.

Plötzlich hörte Pierre ein leises Geräusch von draußen – ein gedämpftes Poltern, das von der Straße zu kommen schien. Er zuckte zusammen, sein Kopf drehte sich blitzschnell zum Fenster. Misstrauisch schlich er zurück zum Fenster und spähte hinaus. Unten konnte er die vagen Umrisse von Polizeifahrzeugen erkennen, die weiter entfernt in einer Seitengasse parkten. Es war, als ob er die Gefahr förmlich spüren konnte.

Er hielt inne, sein Körper angespannt wie eine gespannte Feder. Tory wartete, hoffte, dass Pierre den Safe ansteuern würde. Doch Pierre entschied sich anders.

Ohne ein weiteres Geräusch wandte sich Pierre ab und sprang mit der Eleganz eines erfahrenen Kletterers aus dem Fenster zurück in die Nacht. Tory, der gerade aus seinem Versteck hervorstürzte, kam zu spät. Das Fenster war leer, und nur das schwache Schwingen des Seils, das Pierre benutzt hatte, zeugte davon, dass er hier gewesen war.

„Verdammt!" fluchte Tory leise und eilte zum Fenster. Doch die Polizei unten war bereits alarmiert und verfolgte Pierre. Nach einer kurzen Jagd durch die engen Straßen von Paris wurde Pierre gefasst.

Trotz seiner Festnahme konnte Pierre nichts nachgewiesen werden. Er hatte keinen einzigen Gegenstand gestohlen, und die Polizei konnte ihm nur den unerlaubten Zutritt nachweisen – ein Vergehen, das nicht ausreichen würde, um ihn lange festzuhalten. Er lachte kalt, als er von den Beamten abgeführt wurde.

„Das nächste Mal, Tory," zischte Pierre. „Ich bin immer einen Schritt voraus."

Als Pierre später in der Zelle saß, wusste er, dass Cassandra diejenige gewesen war, die ihn verraten hatte. Er schmiedete einen neuen Plan, um ihr Leben zu zerstören. Noch bevor die Polizei ihn freiließ, ließ er Tory durch eine kryptische Nachricht wissen:

„Ich weiß, wer dich informiert hat. Und wenn sie nicht zurückkommt, werde ich der Polizei alles

erzählen, was sie je getan hat.“

Cassandra war in Panik. Sie wusste, dass Pierre die Wahrheit über ihre Vergangenheit kannte und sie damit vernichten konnte. Sie fühlte sich erneut in die Ecke gedrängt, und diesmal schien es keinen Ausweg zu geben. Doch Tory war entschlossen, ihr zu helfen – und Pierre endgültig zu stoppen.

14. Cassandras schweres Geheimnis

Cassandra saß in einem kleinen Café in Paris, ihre
Hände umklammerten eine Tasse Tee, die längst kalt
geworden war. Ihr Blick war leer, und sie fühlte sich
wie in einem Strudel aus Schuld, Angst und
Verzweiflung gefangen. Pierre hatte sie erneut in die
Enge getrieben. Diesmal wusste sie, dass er ernst
machen würde. Er drohte, der Polizei alles über ihre
Vergangenheit zu erzählen – eine Vergangenheit, die
sie mit aller Kraft verdrängt hatte, die nun jedoch mit
voller Wucht zurückkehrte.

Als Tory sie später in ihrem Hotelzimmer traf, sah er
sofort, dass sie unter enormem Druck stand. Sie
zögerte, aber schließlich brach sie zusammen und
erzählte ihm alles.

„Ich hatte mit 17 ein Kind bekommen," begann
Cassandra, ihre Stimme kaum mehr als ein Flüstern.
„Ich war jung, allein, und wusste nicht, wohin. Der
Vater wollte nichts mit mir zu tun haben. Ich… ich
war verzweifelt."

Tory hörte aufmerksam zu, ohne sie zu unterbrechen.

„Eines Nachts legte ich das Baby vor die Tür eines
Waisenhauses und lief weg. Ich dachte, das wäre das
Beste für sie. Aber ich wusste nicht, dass Pierre mich
beobachtete. Er hatte mich gesehen, wie ich das Baby

ablegte und verschwand. Er hat nie aufgehört, mich damit zu erpressen."

Sie hob den Kopf und sah Tory an, Tränen liefen ihr über die Wangen. „Ich hatte kein Geld, um ihm etwas zu zahlen. Also hat er mich gezwungen, für ihn zu arbeiten. Seitdem hatte er mich in seiner Hand."

Tory schloss die Augen und atmete tief durch. Er sah die Verzweiflung in ihrem Gesicht, aber auch die Erleichterung, endlich die Wahrheit gesagt zu haben.

„Das Kind?" fragte er sanft.

„Es war ein Mädchen," flüsterte Cassandra. „Ich weiß nicht, was aus ihr geworden ist. Ich hatte nicht den Mut, zurückzugehen oder nach ihr zu suchen. Sie verdient etwas Besseres als eine Mutter wie mich."

Tory wusste, dass Pierres Kontrolle über Cassandra durch dieses dunkle Geheimnis möglich war. Es war an der Zeit, Pierre endgültig zu stoppen – und Cassandra eine Chance auf ein neues Leben zu geben.

„Wir werden ihn nicht gewinnen lassen," sagte Tory fest. „Wenn er dich damit erpresst, können wir die Wahrheit ans Licht bringen, aber auf deine Weise, nicht auf seine. Vielleicht ist es an der Zeit, nach deinem Kind zu suchen. Wenn wir beweisen können, dass du sie in Sicherheit gebracht hast, wird Pierre keine Macht mehr über dich haben."

Cassandra wirkte erst erschrocken, doch dann

schimmerte ein Funken Hoffnung in ihren Augen. „Du glaubst, dass ich das kann?"

„Ich weiß, dass du es kannst," antwortete Tory. „Aber zuerst müssen wir Pierre ausschalten."

Tory und Cassandra beschlossen, sich Pierres Drohungen entgegenzustellen. Tory wusste, dass es riskant war, doch er war entschlossen, Cassandra zu schützen. Während sie sich auf die Suche nach ihrem Kind vorbereiteten, sammelte Tory Beweise gegen Pierre, um ihn endgültig hinter Gitter zu bringen.

Cassandra fühlte sich zum ersten Mal seit Jahren nicht mehr allein. Mit Tory an ihrer Seite hatte sie die Hoffnung, nicht nur Pierre zu überwinden, sondern auch Frieden mit ihrer Vergangenheit zu finden. Doch sie wusste, dass der Weg dorthin voller Gefahren sein würde – und dass Pierre alles tun würde, um sie daran zu hindern.

15. Torys Plan: Eine riskante Doppelrolle

Tory wusste, dass Pierre ein Meister der Manipulation war. Wenn Cassandra wieder auf ihn zuging, würde er äußerst wachsam sein. Doch es war der einzige Weg, um Pierres nächste Schritte zu erfahren und ihn endgültig zu überführen. Tory erklärte Cassandra den Plan:

„Wenn Pierre dich kontaktiert, hör ihm zu. Spiel mit. Lass ihn glauben, dass du immer noch loyal bist. Aber sei vorsichtig – er wird dich testen."

Cassandra nickte, obwohl sie spürte, wie ihr Herz vor Angst schneller schlug. „Ich werde tun, was ich kann. Aber was ist, wenn er merkt, dass ich mit dir zusammenarbeite?"

Tory legte eine Hand auf ihre Schulter. „Ich werde in deiner Nähe sein. Du bist nicht allein, Cassandra."

Es dauerte nicht lange, bis Pierre Cassandra wieder kontaktierte. Er rief sie von einer unbekannten Nummer aus an, seine Stimme klang kühl und berechnend.

„Ich hoffe, du hast deine Lektion gelernt," begann er. „Ich brauche dich für einen neuen Plan. Dieses Mal kein Platz für Fehler."

Cassandra spielte ihre Rolle perfekt. „Ich weiß,

Pierre. Ich habe verstanden. Was willst du, dass ich tue?"

„Wir treffen uns morgen. Ich sage dir alles. Und vergiss nicht – ich kann jederzeit dafür sorgen, dass dein Geheimnis ans Licht kommt."

16. Tory sucht nach Tinas Spur

Währenddessen nahm Tory Kontakt mit dem Waisenhaus auf, in dem Cassandra vor Jahren ihr Baby zurückgelassen hatte. Nach intensiven Gesprächen und ein wenig Überzeugungskraft erfuhr er, dass das Mädchen, Tina, inzwischen bei Pflegeeltern lebte.

Er machte die Familie ausfindig – ein liebevolles Paar, das das Mädchen wie ihr eigenes Kind aufzog. Tina, inzwischen 8 Jahre alt, hatte eine fröhliche Kindheit. Als Tory sich mit den Pflegeeltern traf, machten sie deutlich, dass sie Tina nicht wieder hergeben wollten.

„Wir lieben sie wie unsere eigene Tochter," sagte die Pflegemutter mit Tränen in den Augen. „Sie hat hier ein Zuhause. Wir können sie nicht einfach verlieren."

Tory sah, dass Tina glücklich war. Er wusste, dass Cassandra wahrscheinlich erleichtert sein würde zu erfahren, dass es ihrer Tochter gut ging. Doch er erkannte auch, dass dies eine schwierige Entscheidung für Cassandra sein würde – würde sie ihre Tochter zurückfordern oder akzeptieren, dass Tina ein gutes Leben bei ihren Pflegeeltern hatte?

17. Das Treffen mit Pierre

Am nächsten Abend traf Cassandra sich wie vereinbart mit Pierre in einem kleinen Café. Sie war nervös, aber sie versteckte es gut. Pierre wirkte angespannt, seine Augen fixierten sie misstrauisch.

„Das nächste Ziel ist ein Museum in Paris," begann er. „Eine wertvolle antike Kette wird dort ausgestellt. Du wirst für die Ablenkung sorgen. Alles andere übernehme ich."

Cassandra nickte und versuchte, ihre Angst zu unterdrücken. „Verstanden. Wann?"

„Morgen Nacht. Sei bereit." Pierre lehnte sich vor, seine Stimme wurde kälter. „Und keine Spielchen, Cassandra. Ich habe immer noch genug in der Hand, um dein Leben zu zerstören."

18. Torys Entscheidung

Cassandra erzählte Tory alles über Pierres Plan. Tory sah eine Möglichkeit, ihn auf frischer Tat zu ertappen, aber er wusste auch, dass Pierre gefährlich war und Cassandra jederzeit verdächtigen konnte. Er entschied, dass die Polizei diskret vor Ort sein musste, um Pierre in der entscheidenden Nacht zu überführen.

Gleichzeitig überlegte er, wie er Cassandra schonend mitteilen konnte, was er über ihre Tochter herausgefunden hatte. Er wusste, dass sie wissen musste, dass Tina ein gutes Leben hatte – auch wenn das bedeutete, dass sie ihre Tochter vielleicht nie wiedersehen würde.

Mit dem Wissen über Pierres Plan bereitete Tory alles vor, um ihn endgültig zu stoppen. Doch er wusste, dass dies nicht nur ein Kampf um Gerechtigkeit war, sondern auch um Cassandras Freiheit – und vielleicht um eine Zukunft, in der sie ihre Vergangenheit endlich hinter sich lassen konnte.

Cassandra fühlte sich wie eine Marionette in einem Spiel, das sie nicht kontrollieren konnte. Auf der einen Seite stand Pierre, getrieben von Gier und Macht, der sie mit ihrem düsteren Geheimnis in der Hand hielt und sie erneut für seine Pläne gewinnen wollte. Auf der anderen Seite war Tory, der sie mit aller Kraft beschützen wollte – nicht nur vor Pierre, sondern auch vor ihren eigenen Dämonen.

Pierre ließ nicht locker. Er suchte Cassandra auf, diesmal mit einer Mischung aus Drohungen und Verführung.

„Cassandra," begann er, seine Stimme weich, aber kalt. „Du warst immer die Beste. Niemand kann so spionieren und Informationen beschaffen wie du. Ich brauche dich. Wir könnten alles haben – Reichtum, Macht. Denk doch mal nach, was du dir alles leisten könntest."

Cassandra zögerte, aber Tory trat dazwischen. „Du wirst sie nicht mehr manipulieren, Pierre," sagte er entschlossen. „Du hast genug Schaden angerichtet."

Pierre lachte höhnisch. „Und du, Tory? Denkst du, sie liebt dich? Glaubst du, sie wird sich für dich entscheiden, wenn sie alles verlieren könnte?"

19. Der Kampf um Cassandras Zukunft

Die Spannung zwischen Tory und Pierre eskalierte. Es war nicht nur ein physischer Kampf, sondern auch ein psychologisches Duell. Pierre versuchte, Cassandra mit der Aussicht auf grenzenlosen Reichtum zu locken, während Tory sie daran erinnerte, dass Freiheit und Gerechtigkeit mehr wert waren als alles Gold der Welt.

Cassandra fühlte sich zerrissen. Pierre versprach ihr eine sichere Zukunft ohne Sorgen, doch sie wusste, dass dies auf Lügen und Verbrechen aufgebaut war. Tory bot ihr keinen Reichtum, aber er gab ihr etwas, was sie noch nie gekannt hatte – echte Fürsorge und die Möglichkeit, endlich Frieden mit ihrer Vergangenheit zu schließen.

20. Der Einbruch in der Pariser Kunstgalerie

Die Pariser Kunstgalerie war an diesem Abend ruhig, beinahe still. Die Ausstellung war vor Stunden geschlossen worden, doch in den dunklen Fluren und den opulent ausgestatteten Sälen war noch jemand unterwegs. Pierre, ganz in Schwarz gekleidet, bewegte sich lautlos wie ein Schatten. Sein Ziel war der Haupttresor der Galerie, in dem wertvolle Kunstwerke und antiker Schmuck aufbewahrt wurden – darunter eine unbezahlbare Kette aus dem 16. Jahrhundert.

Pierre wusste, dass dies sein letzter großer Coup sein würde. Er würde sich die Beute sichern und verschwinden, bevor die Polizei auch nur eine Spur von ihm finden konnte. Er war vorbereitet, wie immer.

Währenddessen war Cassandra in der Lobby der Galerie. Ihr Part war klar: Sie sollte die Sicherheitsleute ablenken und sicherstellen, dass Pierre ungestört arbeiten konnte. Doch dieses Mal hatte sie andere Pläne. Während sie die Angestellten charmant in ein Gespräch verwickelte, war Tory mit einem Team der Polizei bereits im Gebäude.

Cassandra hatte ihnen alle Details übermittelt: Pierres

Plan, die Zeit, den Ort – und sogar, wie er sich Zugang zum Tresor verschaffen wollte. Die Polizei wartete in einem nahegelegenen Raum, bereit, zuzugreifen, sobald Pierre in Aktion trat.

Pierre erreichte den Tresorraum und begann mit seiner Arbeit. Seine Hände bewegten sich präzise, fast künstlerisch, während er das Schloss öffnete. Das leise Klicken der Zahnräder war das einzige Geräusch in dem stillen Raum. Seine Augen glänzten vor Vorfreude, als der Tresor sich schließlich öffnete und die wertvollen Gegenstände enthüllte.

„Perfekt," murmelte Pierre und begann, die Kette und einige andere wertvolle Gegenstände in seinen Beutel zu packen.

Tory hatte sich mit zwei Polizisten hinter einer Statue positioniert, von der aus er den Tresorraum im Blick hatte. Als Pierre begann, die Beute einzusammeln, gab Tory das Signal. Die Polizisten bewegten sich lautlos in den Raum, ihre Taschenlampen blitzten auf.

„Bleiben Sie stehen, Pierre!" rief einer der Beamten, seine Waffe erhoben.

Pierre zuckte zusammen, doch statt zu kapitulieren, zog er ein Messer aus seinem Gürtel und hielt es drohend in der Hand. „Kommt nicht näher!" zischte er. „Ich werde nicht gefangen genommen."

Tory trat hervor, seine Stimme ruhig, aber

schneidend. „Das war's, Pierre. Du kannst nicht entkommen. Leg das Messer weg."

Pierre blickte zwischen Tory und den Polizisten hin und her, sein Blick voller Zorn. „Du hast mich betrogen, Cassandra!" rief er laut. „Ich wusste, dass ich dir nicht trauen kann!"

Cassandra, die inzwischen in den Raum gekommen war, trat zögernd vor. „Es ist vorbei, Pierre. Du kannst niemanden mehr manipulieren. Nicht mich, nicht Tory, niemanden."

Pierre erkannte, dass er keine Fluchtmöglichkeit hatte. In einem letzten verzweifelten Versuch stürmte er auf Tory zu, das Messer in der Hand. Tory wich aus und packte Pierres Arm, um ihm die Waffe zu entreißen. Die beiden Männer rangen miteinander, ihre Bewegungen schnell und intensiv. Das Messer fiel klirrend zu Boden.

Pierre stieß Tory mit aller Kraft gegen eine Wand und versuchte, zur Tür zu fliehen. Doch ein Polizist stellte ihm den Weg, und Pierre fand sich umzingelt. Die Polizisten überwältigten ihn, während Tory keuchend die Wand losließ.

„Das war's," sagte Tory, während Pierre in Handschellen gelegt wurde. „Du bist fertig."

Als Pierre abgeführt wurde, warf er Cassandra einen letzten Blick zu, voller Zorn und Verachtung. „Du hast alles ruiniert," knurrte er. „Denkst du, er wird dich retten können?"

Cassandra erwiderte seinen Blick mit einer Mischung aus Entschlossenheit und Trauer. „Ich brauche keinen Retter, Pierre. Ich bin frei von dir."

Als die Polizisten Pierre wegführten, drehte Cassandra sich zu Tory um. „Es ist wirklich vorbei, oder?" fragte sie leise.

Tory nickte, seine Stimme warm und beruhigend. „Ja. Er wird nie wieder Macht über dich haben."

Cassandra spürte, wie eine Last von ihren Schultern fiel. Zum ersten Mal seit Jahren fühlte sie sich wirklich frei. Sie wusste, dass es nicht einfach sein würde, ihre Vergangenheit hinter sich zu lassen, aber mit Tory an ihrer Seite hatte sie Hoffnung – und die Kraft, einen Neuanfang zu wagen.

21. Der Mord an Richard Darrow

Während Pierre in Haft auf seinen Prozess wartete, wurde auch der Mord an Richard Darrow aufgeklärt. Nach umfangreichen Ermittlungen stellte sich heraus, dass seine Ehefrau **Margaret Darrow** ihn vergiftet hatte – getrieben von Habgier, um das gesamte Vermögen zu erben. Die Beweise waren erdrückend: Giftspuren in der Hausbar, belastende Tagebucheinträge und Zeugenaussagen, die ihre eiskalte Planung offenbarten. Margaret wurde festgenommen und wegen Mordes verurteilt.

22. Zehn Jahre Haft für Pierre

Dank Cassandras Aussage und den Beweisen, die Tory und die Polizei gesammelt hatten, konnten Pierre mehrere Einbrüche und Diebstähle in **London, Paris, Singapur, Peking, Lissabon, Casablanca und Monaco** nachgewiesen werden. Die Gerichtsverhandlung zog sich über Wochen, doch am Ende wurde Pierre zu **10 Jahren Haft** verurteilt.

Im Gerichtssaal, als das Urteil verkündet wurde, war Pierre sichtlich unbeeindruckt. „Ihr habt mich vielleicht weggesperrt," sagte er kalt, „aber das Diebesgut werdet ihr nie finden."

Seine Worte ließen die Ermittler ratlos zurück. Wo hatte Pierre die gestohlenen Juwelen und Kunstwerke versteckt? Es war klar, dass er ein ausgeklügeltes Verstecksystem hatte, das selbst bei den Hausdurchsuchungen nicht entdeckt worden war.

23. Die Suche nach dem Diebesgut

Für Tory war der Fall noch nicht abgeschlossen. Die Rückgabe des Diebesguts war der letzte Schritt, um die Geschädigten zu entschädigen und Pierre endgültig zu entmachten. Doch Pierre hatte während seiner Zeit als Dieb stets auf Diskretion und Komplexität gesetzt – und Tory wusste, dass dies keine einfache Aufgabe sein würde.

Tory begann mit einer gründlichen Untersuchung von Pierres früheren Aufenthaltsorten. Er analysierte Reiseunterlagen, überprüfte Banktransaktionen und sprach mit Personen, die Pierre in den letzten Jahren gekannt hatten. Ein Muster begann sich abzuzeichnen: Pierre hatte oft leerstehende Immobilien in verschiedenen Städten gemietet, angeblich als Rückzugsorte.

Einer dieser Orte war ein kleines, verlassenes Lagerhaus in den Vororten von Paris. Tory durchsuchte das Gebäude und fand tatsächlich einige kleinere Schmuckstücke – eine Spur, aber noch lange nicht das gesamte Diebesgut.

Tory wusste, dass Pierre die Lage des Hauptverstecks verschlüsselt hatte. Während eines Gefängnisbesuchs stellte er Pierre eine direkte Frage: „Wo ist es?"

Pierre lehnte sich zurück und lächelte höhnisch. „Du

bist ein schlauer Mann, Tory. Denk nach. Alles, was du wissen musst, ist bereits da draußen. Aber du wirst es nie finden."

Tory ließ sich nicht entmutigen. Er erinnerte sich an Pierres Faszination für Zahlen und Muster und untersuchte alte Aufzeichnungen genauer. Eine Serie von Zahlen, die Pierre in einem seiner Tagebücher notiert hatte, erregte seine Aufmerksamkeit.

Die Entschlüsselung der Zahlen führte Tory schließlich nach **Singapur**, wo Pierre ein Schließfach in einer Bank gemietet hatte. Nach wochenlangen juristischen Bemühungen und mit Unterstützung der internationalen Ermittler konnte das Fach geöffnet werden. Darin befand sich ein Teil des Diebesguts – darunter einige der wertvollsten Schmuckstücke, die bei den Einbrüchen gestohlen worden waren.

Doch die Suche war noch nicht beendet. Das Schließfach enthielt auch eine weitere Spur: ein Foto von einem alten Weinkeller in der Nähe von **Lissabon**. Tory machte sich auf den Weg.

Der Weinkeller war alt und verlassen, voller Staub und Spinnweben. Doch in einer der hintersten Ecken fand Tory eine versteckte Kammer. Als er sie öffnete, fand er den Rest des gestohlenen Diebesguts – Juwelen, Kunstwerke und antike Gegenstände im Wert von Millionen.

Mit der Rückgabe der gestohlenen Gegenstände

wurde Pierre endgültig entmachtet. Seine Gier und sein Streben nach Macht hatten ihn hinter Gitter gebracht, und seine sorgfältig geplanten Verstecke waren enttarnt.

24. Cassandras Neuanfang

Während Tory die letzten Puzzleteile in Pierres Fall zusammenfügte, begann Cassandra ihr Leben neu zu ordnen. Sie entschied sich, Tina, ihre Tochter, nicht aus ihrer Pflegefamilie herauszureißen, sondern Kontakt zu ihr aufzubauen, um zumindest eine sanfte Verbindung zu ihrem früheren Leben herzustellen.

„Ich habe viel falsch gemacht," sagte sie zu Tory, als sie eines Abends in einem Pariser Café saßen. „Aber ich habe auch gelernt, dass ich nicht für immer in meiner Vergangenheit gefangen sein muss."

Tory nahm ihre Hand. „Und du hast etwas gefunden, das viel wichtiger ist als Reichtum: Freiheit."

Cassandra nickte, und in ihren Augen lag ein neuer Funke Hoffnung – für die Zukunft, die sie jetzt selbst in der Hand hatte.

Cassandra hatte sich Stück für Stück ein neues Leben aufgebaut. Ihre Arbeit in der Galerie gab ihr Struktur und die Möglichkeit, ihrer Leidenschaft für Kunst nachzugehen. Sie blühte auf, war freundlich und kompetent – geschätzt von Kollegen und Kunden gleichermaßen. Ihre Wochenenden verbrachte sie mit ihrer Tochter Tina, die sie nun regelmäßig sehen durfte. Die Verbindung zwischen ihnen wurde stärker, und Cassandra fühlte sich zum ersten Mal seit Jahren wirklich als Mutter.

Tory blieb stets an ihrer Seite, auch wenn er ihr bewusst Raum ließ. Er besuchte sie oft, brachte ihr Rosen mit und überraschte sie mit romantischen Picknicks am Seine-Ufer. Er bewunderte ihre Stärke, ihren Mut und wie sie sich nach all den Jahren der Dunkelheit in ein neues Licht gekämpft hatte.

Nach Monaten der wachsenden Nähe und vieler schöner gemeinsamer Momente wusste Tory, dass er mit Cassandra den Rest seines Lebens verbringen wollte. Eines Abends, bei einem eleganten Dinner in einem kleinen, romantischen Restaurant in Paris, griff er nach ihrer Hand.

„Cassandra," begann er, seine Stimme leise, aber fest. „Ich habe dich bewundert, seit ich dich das erste Mal gesehen habe. Deine Stärke, deine Intelligenz, deine Schönheit – all das hat mich in deinen Bann gezogen. Aber vor allem liebe ich dich für die Frau, die du bist, und die Frau, die du immer sein wirst."

Cassandra sah ihn überrascht an, Tränen begannen in ihren Augen zu glänzen.

Tory stand auf, zog einen kleinen Samtring aus seiner Tasche, ging auf die Knie und sah sie mit einem liebevollen Blick an. „Wirst du meine Frau werden, Cassandra?"

Cassandra brachte erst kein Wort heraus. Sie hielt die

Hand vor den Mund, während ihr Herz vor Freude raste. Dann nickte sie heftig, bevor sie endlich herausbrachte: „Ja, Tory. Ja, ich will!"

Das gesamte Restaurant applaudierte, als Tory ihr den Ring ansteckte und sie zärtlich küsste.

Die beiden entschieden sich für eine intime Hochzeit in einer kleinen Kapelle in **Verdun**, umgeben von wenigen engen Freunden und Familie. Tina durfte Blumen streuen, und Cassandra strahlte in einem schlichten, eleganten Kleid, während Tory in einem klassischen Anzug auf sie wartete.

„Ich verspreche dir," sagte Tory während der Zeremonie, „dass ich immer an deiner Seite sein werde, in guten wie in schlechten Zeiten. Du bist das Beste, was mir je passiert ist."

Cassandra antwortete, ihre Stimme voller Emotionen: „Du hast mir gezeigt, dass ich mehr wert bin, als ich je geglaubt habe. Und jetzt will ich dir alles geben, was ich bin."

Nach der Hochzeit zogen Cassandra und Tory in ein kleines, idyllisches Landhaus in der Nähe von Verdun. Das Haus lag umgeben von Wiesen und Bäumen, mit einem kleinen Garten, den Cassandra liebevoll pflegte. Tory setzte seine Arbeit als Detektiv fort, während Cassandra weiterhin in der Galerie arbeitete, sich aber auch Zeit nahm, das Haus in ein Zuhause zu verwandeln.

Tory war entschlossen, Cassandra dabei zu helfen, ihre Vergangenheit zu verarbeiten, und wollte, dass sie sich nie wieder allein fühlte. Er sprach mit ihr über eine gemeinsame Zukunft und eine Familie – nicht, um Tina zu ersetzen, sondern um ihr Leben zu vervollständigen.

25. Das neue Leben

Nicht lange nach ihrer Hochzeit erfuhr Cassandra, dass sie schwanger war. Sie konnte ihr Glück kaum fassen und teilte die Neuigkeit mit Tory, der vor Freude beinahe die Fassung verlor.

„Wir bekommen ein Baby," sagte er, während er sie fest umarmte. „Ein neues Leben – unser Leben."

Cassandra fühlte, wie die Dunkelheit ihrer Vergangenheit endgültig verblasste. Mit Tory und Tina an ihrer Seite und einem Kind auf dem Weg begann für sie ein neues Kapitel voller Hoffnung, Liebe und Frieden.

Die beiden bauten gemeinsam eine Zukunft auf, in der sie die Narben der Vergangenheit nicht vergessen, aber auch nicht zuließen, dass diese sie definieren. Für Cassandra und Tory war die beste Zeit ihres Lebens erst der Anfang.

Elf Monate nach ihrer Hochzeit erblickte der kleine **Tom** das Licht der Welt. Er war ein aufgewecktes und neugieriges Baby, das sofort die Herzen seiner Eltern eroberte. Für Cassandra und Tory war er das Symbol eines neuen Kapitels, das endlich von Liebe und Frieden geprägt war.

Zwei Jahre später folgte ein weiteres kleines Wunder: **Marie**, ein fröhliches Mädchen mit strahlenden

Augen und einem verschmitzten Lächeln, machte die Familie komplett. Cassandra und Tory waren überglücklich, ihre kleine Familie wachsen zu sehen.

Cassandra kümmerte sich mit Hingabe um ihre Kinder und band auch ihre ältere Tochter **Tina**, die sie regelmäßig besuchte, in das Familienleben ein. An den Wochenenden spielten alle drei Kinder oft zusammen im Garten des idyllischen Landhauses. Tina fühlte sich immer mehr als Teil der Familie, und Tom und Marie liebten ihre große Schwester, die ihnen Geschichten erzählte und mit ihnen spielte.

Für Cassandra war es ein Herzenswunsch, dass Tina sich nie ausgeschlossen fühlte. Sie achtete darauf, dass die Besuche von Wärme und Zusammenhalt geprägt waren, und Tina wuchs allmählich in ihre Rolle als große Schwester hinein.

26. Torys beruflicher Erfolg

Während Cassandra sich voll und ganz ihrer Familie widmete, setzte Tory seine Arbeit als Detektiv fort. Mit seiner Erfahrung und seinem Ruf arbeitete er zunehmend eng mit der **französischen Polizei** zusammen. Er wurde zu einem geschätzten Partner, der nicht nur komplexe Fälle aufklärte, sondern auch bei internationalen Ermittlungen unterstützte.

Egal ob Kunstdiebstähle, Erpressungen oder Entführungen – Tory war oft derjenige, der entscheidende Hinweise lieferte. Seine Fähigkeit, Menschen zu lesen und Zusammenhänge zu erkennen, machte ihn unverzichtbar.

27. Familienleben und berufliche Balance

Trotz seiner Arbeit nahm sich Tory stets Zeit für seine Familie. Abende im Garten, Picknicks auf den umliegenden Wiesen und Geschichten vor dem Schlafengehen waren für ihn heilig. Er wollte, dass seine Kinder und Cassandra niemals das Gefühl hatten, hinter seiner Arbeit zurückzustehen.

Cassandra bewunderte Torys Fähigkeit, ein Gleichgewicht zwischen Beruf und Familie zu finden. „Du bist unser Fels in der Brandung," sagte sie eines Abends, als sie zusammen auf der Veranda saßen und die Kinder drinnen schliefen.

„Und ihr seid mein Anker," antwortete Tory, während er ihre Hand nahm. „Alles, was ich tue, mache ich für euch."

Mit der Zeit wurde das Landhaus zum Dreh- und Angelpunkt der Familie. Es war ein Ort der Geborgenheit, des Lachens und der Liebe. Die Vergangenheit war zwar nicht vergessen, aber sie hatte ihre Macht verloren. Cassandra und Tory hatten gelernt, dass die Kraft einer Familie jede Dunkelheit überwinden kann.

Für ihre Kinder wollten sie ein Leben schaffen, das von Vertrauen, Freude und Stabilität geprägt war – ein Leben, das Cassandra selbst nie gekannt hatte, aber mit Tory an ihrer Seite neu aufbaute.

Die Familie blickte in eine hoffnungsvolle Zukunft, in der sie alle gemeinsam wachsen und lernen konnten. Und so begann für Cassandra, Tory, Tom, Marie und Tina ein Leben voller Liebe und Abenteuer.

28. Pierre schmiedet seinen Plan

Nach zehn Jahren im Gefängnis war Pierre endlich wieder ein freier Mann. Doch die Zeit hinter Gittern hatte seinen Hass nur verstärkt. In seiner Vorstellung war Cassandra eine Verräterin, und Tory der Mann, der ihm alles genommen hatte. Seine Rachegelüste waren grenzenlos, und er wollte die beiden auf die grausamste Weise leiden lassen.

Er hatte sich in einem heruntergekommenen Wohnwagen am Rande von Verdun niedergelassen, unauffällig und unscheinbar. Über Wochen beobachtete er das idyllische Landhaus der Familie, machte sich Notizen über die Gewohnheiten von Cassandra, Tory und ihren beiden Kindern, **Tom (9)** und **Marie (7)**. Pierre war besessen davon, die perfekte Gelegenheit zu finden, seine finsteren Pläne in die Tat umzusetzen.

29. Das Leben im Landhaus

Cassandra und Tory lebten in glücklicher Harmonie. Ihre Kinder waren ihr ganzer Stolz, und sie hatten ein friedliches Leben aufgebaut. Tom war ein neugieriger Junge, der es liebte, draußen zu spielen und Abenteuer zu erleben, während Marie eine aufgeweckte Träumerin war, die gerne malte und Geschichten erfand.

Doch die Idylle wurde gestört, als Tory eines Abends das Gefühl hatte, beobachtet zu werden. Er bemerkte frische Fußspuren in der Nähe des Hauses, die niemandem aus der Familie gehörten. Misstrauisch begann er, die Umgebung genauer zu beobachten und Cassandra von seinem Verdacht zu erzählen.

„Es ist wahrscheinlich nichts," versuchte Cassandra ihn zu beruhigen, doch in ihrem Inneren keimte ein unwohles Gefühl. „Aber wir sollten vorsichtig sein."

Pierre hatte jeden Schritt sorgfältig geplant. Seine Beobachtungen der Familie hatten ihm gezeigt, dass Tom und Marie oft allein im Wald hinter dem Landhaus spielten. Er wusste, dass sie neugierig und abenteuerlustig waren – eine Eigenschaft, die er für seinen Plan ausnutzen konnte.

Er präparierte eine alte Holzkiste, bemalte sie mit

bunten Mustern und legte scheinbar wertvolle Gegenstände hinein: glänzende Glasmurmeln, falsche Goldmünzen und eine zerknitterte Schatzkarte. Die Kiste platzierte er in einer kleinen Lichtung, die er mit selbstgemalten Schildern wie **„Geheimversteck – Nur für Abenteurer!"** markierte.

30. Der Moment der Entführung

An einem sonnigen Nachmittag, während Cassandra und Tory im Garten arbeiteten, schlichen sich Tom und Marie wie gewohnt in den Wald. Sie folgten den Schildern, die Pierre aufgestellt hatte, und fanden die Kiste. Ihre Augen leuchteten vor Begeisterung.

„Schau mal, Tom!" rief Marie aufgeregt. „Das ist ein Schatz!"

Tom, immer der Beschützer seiner kleinen Schwester, zögerte kurz. „Vielleicht sollten wir Mama und Papa holen."

„Nein, lass uns zuerst schauen!" drängte Marie und öffnete die Kiste.

In diesem Moment trat Pierre lautlos aus dem Schatten der Bäume. Er trug eine schwarze Maske und Handschuhe, um keine Spuren zu hinterlassen. Mit einem Tuch, das er mit Betäubungsmittel getränkt hatte, näherte er sich den Kindern. Tom bemerkte ihn als Erster und schrie: „Lauf, Marie!"

Doch Pierre war schneller. Er hielt Tom das Tuch vor Mund und Nase, bis der Junge bewusstlos wurde. Marie, vor Schreck gelähmt, versuchte wegzurennen, doch Pierre packte sie und betäubte auch sie. In wenigen Minuten hatte er die Kinder in seinen Van verladen und war vom Tatort verschwunden.

Pierre brachte die Kinder in seinen Wohnwagen, den er in einem dichten Waldstück abgestellt hatte. Der Ort war abgelegen und schwer zu finden. Der Wohnwagen war karg eingerichtet, doch Pierre hatte eine kleine Matratze und ein paar Decken vorbereitet, um die Kinder ruhigzustellen. Er wollte sie körperlich unversehrt lassen – zumindest vorerst –, da er wusste, dass die Polizei nach ihm suchen würde.

Tom und Marie wachten getrennt voneinander auf, beide in kleinen, abgeschlossenen Räumen des Wohnwagens. Tom, der tapfer sein wollte, klopfte an die dünne Wand. „Marie, bist du da?" rief er mit zitternder Stimme.

„Ja," kam die Antwort, schwach und voller Angst. „Was passiert hier?"

„Ich weiß nicht," sagte Tom, „aber wir müssen ruhig bleiben. Mama und Papa werden uns finden."

Pierre hörte das Gespräch durch die dünnen Wände und lachte leise. „Ihr werdet hierbleiben, solange ich es will," murmelte er, während er über seinen nächsten Schritt nachdachte.

Als Cassandra und Tory die Kinder nicht zum Abendessen auftauchen sahen, wurden sie sofort misstrauisch. Sie durchsuchten das Haus und den Garten, riefen die Namen der Kinder, doch niemand antwortete. Panik machte sich breit.

Tory, immer aufmerksam, fand bald die falsche Schatzkiste und die Schilder im Wald. Er erkannte sofort, dass dies keine harmlose Kinderspielerei war. „Das ist eine Falle," sagte er düster zu Cassandra. „Jemand hat sie gezielt hierhergelockt."

Cassandra brach fast zusammen, doch Tory hielt sie fest. „Wir werden sie finden. Ich verspreche es dir."

Am nächsten Morgen erhielt Tory einen Anruf von einer unbekannten Nummer. Die Stimme am anderen Ende war unverkennbar: Pierre.

„Tory," begann er, seine Stimme höhnisch. „Hast du etwas verloren?"

„Wenn du ihnen etwas antust, Pierre, werde ich dich finden," sagte Tory kalt, seine Stimme voller unterdrückter Wut.

„Du bist zu spät, mein Freund. Aber ich bin großzügig. Eine Million Euro, keine Polizei. Ich gebe dir bis morgen. Sonst… nun, sagen wir einfach, du willst nicht herausfinden, was sonst passiert."

Pierre legte auf, und Tory wusste, dass er keine Zeit zu verlieren hatte.

31. Torys Gegenangriff

Tory, erfahren im Umgang mit Entführern, wusste, dass Pierre ihn in die Enge treiben wollte. Doch er hatte bereits Kontakte zur Polizei aufgenommen, ohne Pierre zu informieren. Gemeinsam mit den Ermittlern begann er, Pierres Spuren zu verfolgen.

Ein entscheidender Hinweis kam von einem lokalen Händler, der einen Mann gesehen hatte, der kürzlich große Mengen Lebensmittel und Benzin gekauft hatte – eine Beschreibung, die auf Pierre passte. Mit dieser Spur konnte die Polizei Pierres Wohnwagen lokalisieren.

In der Nacht umstellte die Polizei mit Tory das Versteck. Pierre, der die Bewegungen draußen hörte, griff nach einer Waffe und stellte sich vor den Eingang des Wohnwagens.

„Ihr kommt hier nicht rein!" schrie er. „Ich habe nichts mehr zu verlieren!"

Tory trat vor und sprach ruhig, aber fest. „Es ist vorbei, Pierre. Du kannst jetzt aufgeben, oder du riskierst alles. Die Kinder haben nichts mit deinem Hass zu tun."

Pierre zögerte, doch als die Polizei eine Blendgranate einsetzte, verlor er die Kontrolle. Die Beamten stürmten den Wohnwagen und überwältigten Pierre, während Tory die Kinder fand und in Sicherheit brachte.

Tom und Marie klammerten sich an ihren Vater, Tränen der Erleichterung liefen ihnen über die Gesichter. „Ich hab euch," flüsterte Tory, während er sie fest umarmte. „Niemand wird euch jemals wieder wehtun."

Pierre wurde erneut verhaftet, diesmal mit zusätzlichen Anklagen wegen Entführung und Erpressung. Cassandra und Tory beschlossen, in ein neues Zuhause umzuziehen, weit weg von Verdun, um ihre Familie zu schützen. Doch sie wussten, dass sie gemeinsam jede Herausforderung meistern konnten – und dass ihr Band stärker war als Pierres Hass.

Die Familie war endlich wieder vereint, und Cassandra wusste, dass sie nun alles tun würde, um ihre Kinder zu beschützen. Sie und Tory beschlossen, in ein neues Haus zu ziehen, fernab von Verdun, um einen endgültigen Schlussstrich unter die dunkle Vergangenheit zu ziehen.

„Wir sind stärker als er," sagte Tory eines Abends, als sie ihre Kinder ins Bett brachten. „Und niemand wird uns das nehmen, was wir zusammen aufgebaut haben."

Cassandra lächelte, während sie ihre Kinder ansah. „Ja, wir sind stärker. Und jetzt beginnt unser neues

Leben – wirklich gemeinsam."

32. Epilog:

Cassandra und Tory lebten ein erfülltes Leben miteinander. Sie wurden zusammen alt und blieben so glücklich, wie sie es sich zu Beginn ihrer gemeinsamen Reise erträumt hatten. Ihr neues Zuhause in der Nähe von **Bourges** wurde zum Mittelpunkt ihres Lebens, ein Ort der Wärme, der Liebe und der Erinnerungen.

Cassandra fand Frieden mit ihrer Vergangenheit. Ihre Tochter **Tina**, die von ihren Pflegeeltern liebevoll aufgezogen worden war, entschied sich, in der Nähe ihrer Mutter zu studieren. Sie besuchte eine renommierte Universität in Bourges, was ihr die Möglichkeit gab, ein noch engeres Verhältnis zu Cassandra und ihrer neuen Familie aufzubauen.

Marie, Cassandras jüngste Tochter, war eine fleißige und talentierte Schülerin. Ihre Liebe zur Kunst und Geschichte führte sie schließlich zu einem Studium der **Kunstwissenschaften** und **Archäologie**. Sie bereiste die Welt, erforschte alte Kulturen und schrieb bedeutende Arbeiten, die in der Fachwelt geschätzt wurden.

Tom, der ältere Sohn, trat in die Fußstapfen seines Vaters. Seine Bewunderung für Torys Arbeit und Gerechtigkeitssinn inspirierten ihn dazu, eine Karriere bei der Kriminalpolizei einzuschlagen. Mit Torys Unterstützung wurde er ein hoch angesehener

Beamter, der sich besonders auf die Bekämpfung von organisiertem Verbrechen spezialisierte.

Cassandra und Tory waren stolz auf ihre Kinder und das Leben, das sie gemeinsam aufgebaut hatten. Ihr Haus in Bourges war oft erfüllt von Lachen, Besuchen der Kinder und Enkelkinder, die mit Begeisterung von ihren Abenteuern erzählten. Für Cassandra war es eine Freude, zu sehen, wie ihre Familie zusammenwuchs und gedeihte.

„Wir haben es geschafft," sagte Cassandra eines Abends zu Tory, während sie zusammen auf ihrer Veranda saßen und die Abendsonne den Himmel in goldenes Licht tauchte.

Tory nahm ihre Hand und lächelte. „Wir haben nicht nur überlebt, Cassandra. Wir haben gelebt – und wir haben geliebt. Und das ist alles, was zählt."

Mit diesen Worten genossen sie den Frieden und die Harmonie, die sie sich über die Jahre erkämpft hatten. Ihr Leben war ein Beweis dafür, dass Liebe und Stärke selbst die dunkelsten Schatten überwinden können.

Die Jahre im Gefängnis hatten Pierre verändert. Anfangs war er voller Wut und Groll, erfüllt von Hass auf Cassandra und Tory, die er für sein Scheitern verantwortlich machte. Doch mit der Zeit begann sich etwas in ihm zu wandeln. Es war ein Mitinsasse, ein älterer Mann mit einem tiefen Glauben an Gott, der

Pierres Leben für immer veränderte.

„Dein Streben nach Geld und Macht hat dir nichts gebracht außer Leid," sagte der Mann eines Abends zu Pierre, als sie in der Gefängniskapelle saßen. „Vielleicht ist es an der Zeit, nach etwas Größerem zu suchen."

Zunächst hatte Pierre gespottet, doch die Worte des Mannes ließen ihn nicht los. Er begann, über sein Leben nachzudenken – seine Gier, seine Verbrechen, die Menschen, die er verletzt hatte. Zum ersten Mal verspürte er echte Reue. Stück für Stück öffnete er sich dem Gedanken, dass sein Leben noch eine andere Bedeutung haben könnte.

Nach seiner Entlassung entschied Pierre, einen radikalen Neuanfang zu wagen. Die buddhistische Gemeinschaft eines Klosters in den französischen Alpen nahm ihn auf. Dort lebte er in völliger Entbehrung, arbeitete in den Gärten, meditierte und widmete sich den Lehren des Mitgefühls und der Selbstlosigkeit.

Der Pierre, der einst von Gier und Macht getrieben war, existierte nicht mehr. An seiner Stelle war ein Mann, der Frieden in der Einfachheit und Bescheidenheit fand.

„Die Vergangenheit ist ein Schatten," sagte er oft zu den anderen Mitgliedern der Gemeinschaft. „Aber jeder von uns hat die Macht, ins Licht zu treten."

Pierre wurde ein geschätztes Mitglied der Gemeinschaft. Er half, neue Mitglieder willkommen zu heißen, reparierte das alte Klostergebäude und widmete sich besonders der Arbeit mit Jugendlichen, die den Weg zu sich selbst suchten. Seine Geschichten über seinen früheren Lebensstil und die damit verbundenen Konsequenzen waren eine eindringliche Warnung – und zugleich eine Botschaft der Hoffnung, dass jeder sich ändern konnte.

Er lebte ohne Besitz, ohne Luxus, aber mit einem inneren Frieden, den er in seinem alten Leben nie gekannt hatte. Für Pierre war dies die wahre Erfüllung.

Jahre später begegnete er Cassandra zufällig in einer kleinen Stadt in Frankreich. Sie waren beide überrascht, einander wiederzusehen. Pierre, der nun von einem tiefen Glauben erfüllt war, entschuldigte sich bei Cassandra für all das Leid, das er ihr angetan hatte.

„Ich habe vieles falsch gemacht," sagte er, während sie in einem kleinen Café saßen. „Aber ich hoffe, dass du mir eines Tages vergeben kannst."

Cassandra, die inzwischen selbst gelernt hatte, mit ihrer Vergangenheit Frieden zu schließen, nickte. „Ich habe dir schon lange vergeben, Pierre. Es scheint, dass du deinen Weg gefunden hast."

Pierre lächelte. „Das habe ich. Und ich wünsche dir

und deiner Familie nur das Beste."

Pierre verbrachte den Rest seines Lebens in der Gemeinschaft, wo er in Bescheidenheit, Dankbarkeit und innerem Frieden lebte. Als er starb, hinterließ er kein Vermögen, keinen Besitz – nur die Erinnerung an einen Mann, der sich von den Tiefen seiner Gier erhoben hatte, um ein Leben der Reue und Erlösung zu führen.

II. Der Geigenkasten

1. Eine stille Intrige

Die Flammen der Abendsonne warfen lange Schatten über den Pariser Platz, während Frederic Maurice, ein gefeierter Violinist, mit schnellen Schritten das Konzerthaus verließ. Sein Geigenkasten schien wie immer unscheinbar, doch heute enthielt er mehr als nur sein kostbares Instrument.

Benjamin Bouldwin, ein Freund aus Jugendtagen, hatte ihn an diesem Morgen überraschend besucht. „Frederic, ich brauche deine Hilfe. Es geht um Leben und Tod," hatte Benjamin geflüstert, während er nervös einen kleinen Speicherchip in den Geigenkasten schob. „Bewahre das hier für mich auf. Und erzähle niemandem davon."

Frederic hatte nur genickt. Die Dringlichkeit in Benjamins Stimme war unüberhörbar. Doch jetzt, mit jedem Schritt durch die belebten Straßen, spürte er, wie eine unsichtbare Last auf ihm wuchs.

2. Eine unbekannte Bedrohung

Am nächsten Morgen wurde Frederic von einem Anruf geweckt. „Monsieur Maurice?" Die Stimme am anderen Ende war kalt und geschäftsmäßig. „Wir wissen, dass Sie etwas besitzen, das uns gehört. Es wäre klug, wenn Sie es uns freiwillig übergeben."

Frederic setzte sich auf. „Ich habe keine Ahnung, wovon Sie reden," log er. Doch seine Hände zitterten.

Die Stimme wurde leise. „Wenn Sie kooperieren, wird Ihnen nichts geschehen. Wenn nicht …" Ein leises Klicken beendete das Gespräch.

Frederic wusste, dass er Benjamin finden musste – und zwar schnell. Er griff nach dem Geigenkasten und eilte hinaus. Doch auf der Straße fiel ihm sofort ein schwarzer Wagen auf, der langsam neben ihm herfuhr.

3. *Die Wahrheit über den Chip*

Frederic traf Benjamin in einem kleinen Cafe am Seine-Ufer. Der sonst so selbstbewusste Mann wirkte erschöpft und gehetzt. „Frederic, ich schulde dir eine Erklärung," begann er, während er nervös um sich blickte.

„Auf dem Chip sind Daten einer Firma namens Primos. Sie entwickeln selbstfahrende Autos. Aber die Software hat einen Fehler – oder besser gesagt, sie wurde sabotiert. Es gibt Hinweise, dass die Konkurrenzfirma Constantin dahintersteckt. Die Autos verursachen Unfälle, und Menschen sterben."

Frederic war sprachlos. „Und warum hast du den Chip mir gegeben?"

„Weil ich verfolgt werde. Und weil ich niemand anderem trauen kann. Aber ich brauche deine Hilfe, um die Wahrheit ans Licht zu bringen."

4. *Flucht und Verrat*

Noch während Benjamin sprach, stürmten zwei Männer in schwarzen Anzügen das Cafe. „Lauf!" rief Benjamin und stürzte zur Hintertür. Frederic folgte ihm, den Geigenkasten fest umklammert.

Die Verfolgung durch die engen Gassen von Paris war atemraubend. Frederic spürte, wie die Angst ihn antrieb. Doch er konnte auch nicht verhindern, dass Zweifel an Benjamins Geschichte nagten. Was, wenn sein alter Freund ihn nur benutzt hatte?

5. Der mysteriöse Unfall

Kurz nach dem Treffen mit Frederic wurde Benjamin Opfer eines mysteriösen Unfalls vor der Musikschule, an der er sich aufhielt. Ein Zeuge sprach von einem plötzlich aufgetauchten Lieferwagen, der Benjamin mit hoher Geschwindigkeit erfasste. Wenige Stunden später wurde seine Wohnung durchwühlt, als wäre jemand auf der Suche nach etwas ganz Bestimmtem.

Inspektor Karl Schneider übernahm die Ermittlungen. Schnell wurde klar, dass Benjamin in etwas Großes verwickelt war. Schneider begann, Benjamins Umfeld zu befragen:

Zuerst befragte Inspektor Schneider Britta:

„Frau Storm, Sie waren Benjamins Exfreundin. Hatten Sie in letzter Zeit noch Kontakt zu ihm?"

Britta zuckte mit den Schultern. „Gelegentlich, aber wir haben uns nicht mehr gut verstanden. Ich bin jetzt mit Peter glücklich."

„Haben Sie irgendetwas Verdächtiges bemerkt, bevor Benjamin starb?"

„Nein, außer dass er mich ein paar Mal anrief und sagte, dass er Ärger hatte. Aber er wollte mir keine Details nennen."

Schneider machte sich eine Notiz und musterte sie

genau. „Ärger mit wem?"

„Das hat er nicht gesagt. Vielleicht hatte es mit seiner Arbeit zu tun."

Als Zweite befragte der Inspektor Schneider Karolin Bouldwin:

„Frau Bouldwin, Ihr Bruder hat Ihnen nichts über seine Probleme erzählt?"

„Nein," antwortete Karolin mit tränenerstickter Stimme. „Er war in letzter Zeit so distanziert. Ich habe gespürt, dass ihn etwas belastet, aber er wollte nicht darüber reden."

„Hat er Feinde gehabt? Oder Streit mit jemandem?"

„Nicht, dass ich wüsste. Benjamin war eigentlich ein friedlicher Mensch."

Danach stellte Inspektor Schneider Kurt Bouldwin Fragen:

„Herr Bouldwin, wann haben Sie Benjamin zuletzt gesehen?"

„Vor einer Woche," sagte Kurt. „Er war nervös. Hat ständig über Primos gesprochen. Er meinte, sie seien in großer Gefahr."

„Was für eine Gefahr?"

„Das hat er mir nicht gesagt. Aber ich dachte, er sei paranoid."

Stefan Müller wurde danach befragt:

„Herr Müller, Sie wirkten bei der Befragung der Familie besonders angespannt. Warum?"

Stefan wich Schneiders Blick aus. „Ich … ich habe nichts mit seinem Tod zu tun."

„Das habe ich nicht behauptet. Aber wissen Sie, warum jemand in seine Wohnung eingebrochen ist?"

„Vielleicht suchten sie etwas Wichtiges. Benjamin war immer sehr geheimnisvoll, besonders in den letzten Monaten."

Als Letzte wurde Frau Priller befragt:

„Frau Priller, Sie sagten, Sie hätten eine verdächtige Person gesehen?"

„Ja," bestätigte die ältere Dame. „Ein Mann in Jeans, mit einer Narbe am Hals. Ich habe ihn nur von hinten gesehen, aber er schlich sich aus dem Haus, kurz bevor die Polizei kam."

„Könnten Sie ihn wiedererkennen?"

„Vielleicht. Wenn ich ihn noch einmal sehe, bestimmt."

Inspektor Schneider befragte auch den Untermieter Mark Burr einige Tage später:

„Herr Burr, haben Sie irgendetwas gehört oder gesehen?"

„Ja,“ sagte Mark. „Ich hörte Streit aus seiner Wohnung. Eine männliche Stimme, die schrie, und dann ein lautes Krachen. Es klang, als wäre etwas umgestürzt.“

„Wann war das?“

„Am Abend vor seinem Tod.“

6. Ein Beinahe-Unfall

Früh am nächsten Morgen verließ Frederic das Versteck, in dem er die Nacht verbracht hatte. Die kühle Luft der Stadt schien ihn zu beleben, und die ersten Sonnenstrahlen ließen Paris friedlich wirken. Doch dieser Frieden war trügerisch.

Er überquerte eine kleine Gasse in Richtung eines Bäckers, als er plötzlich das Kreischen von Reifen hörte. Ein schwarzes Auto raste mit beängstigender Geschwindigkeit um die Ecke, direkt auf ihn zu. Die Sekunden dehnten sich, und Frederic spürte, wie seine Muskeln erstarrten.

„Vorsicht!" schrie eine Stimme, und im nächsten Moment wurde er von der Seite gepackt. Ein Mann riss ihn mit voller Kraft aus der Gefahrenzone. Sie stürzten beide zu Boden, und Frederic hörte das Auto vorbeirasen, die Reifen quietschend, bevor es in der nächsten Kurve verschwand.

Keuchend blickte Frederic auf seinen Retter. Es war ein junger Mann, etwa Mitte zwanzig, mit entschlossenem Blick. „Alles in Ordnung?" fragte der Fremde, während er Frederic aufhalf.

„Ja … ja, ich glaube schon. Danke Ihnen. Das war … das war knapp." Frederic schnappte nach Luft. „Wer sind Sie?"

„Jean. Und Sie sollten besser aufpassen. Es sieht aus,

als ob jemand es auf Sie abgesehen hat."

Frederic musterte den jungen Mann. „Haben Sie das Auto gesehen?"

„Ja," antwortete Jean. „Getönte Scheiben, keine Kennzeichen. Sie wollten Sie definitiv erwischen."

„Das war kein Zufall," murmelte Frederic mehr zu sich selbst. „Sie wissen, dass ich etwas habe."

„Etwas Wichtiges, nehme ich an?" Jean sah ihn durchdringend an.

Frederic zögerte. Er konnte nicht einfach jedem vertrauen, aber dieser Mann hatte ihm das Leben gerettet. „Es ist kompliziert."

„Ich habe Zeit," erwiderte Jean mit einem leichten Lächeln. „Und offensichtlich brauchen Sie jemanden, der ein Auge auf Sie hat."

Frederic nickte langsam. „Vielleicht haben Sie recht. Aber wir müssen von hier verschwinden. Jetzt sofort."

Gemeinsam eilten sie davon, während in Frederic ein neuer Plan zu reifen begann. Die Ereignisse hatten sich zugespitzt, und es war klar, dass die Wahrheit um jeden Preis ans Licht kommen musste.

7. Der Plan

Inspektor Karl Schneider ließ den USB-Stick von einem unabhängigen Gutachter prüfen. Das Ergebnis war verheerend für den Autohersteller Primos. Der Virus in der manipulierten Software hatte das Unternehmen beinahe in den Ruin getrieben. Durch zahlreiche Unfälle war Primos regresspflichtig geworden und musste für die entstandenen Schäden aufkommen. Der Stick diente als eindeutiger Beweis dafür, dass die Software gezielt manipuliert worden war – eine Entdeckung, die Benjamin machte, bevor er den Stick an Frederic übergab.

Frederic entschied sich, Inspektor Schneider sein Vertrauen zu schenken, nachdem ihm die Konkurrenzfirma Constantin 500.000 Euro für die Übergabe des Sticks angeboten hatte. Zum Schein ging Frederic auf das Angebot ein. Schneider rüstete ihn mit einem versteckten Mikrofon aus, und Frederic betrat das Firmengebäude von Constantin.

In einem Besprechungsraum traf Frederic auf einen Mann mittleren Alters mit Halbglatze, dessen Hals eine markante Narbe zierte. Diese Narbe war von einer Zeugin beschrieben worden, wie Inspektor Schneider Frederic zuvor anvertraut hatte. Der Mann mit der Narbe wirkte zunächst zögerlich. Als Frederic auf einen schriftlichen Vertrag bestand, erklärte der Mann, er müsse die Angelegenheit mit der

Geschäftsleitung abklären.

Die Hinweise darauf, dass Constantin sowohl in den Mordfall als auch in den Betrug mit der Schadsoftware verwickelt war, verdichteten sich immer mehr. Es schien, als ob das Netz der Beweise sich langsam um das Unternehmen zusammenzog.

Der Mann mit der Glatze kehrte nach kurzer Zeit zurück und erklärte, dass die Geschäftsleitung darauf bestehe, den USB-Stick zu prüfen. Frederic, der vorausschauend gehandelt hatte, hatte den Stick jedoch nicht mitgebracht. Stattdessen verhandelte er geschickt und sicherte sich eine Bedenkzeit von zwei Tagen. Doch die Situation wurde immer angespannter, und schließlich kam es zu einem hitzigen Schlagabtausch.

„Herr Frederic," begann der Mann mit einem gezwungenen Lächeln, „es ist doch nur logisch, dass wir uns vor einer Einigung von der Echtheit Ihrer Behauptungen überzeugen. Ohne den Stick können wir keine weiteren Schritte einleiten."

Frederic verschränkte die Arme. „Und es ist genauso logisch, dass ich ohne eine schriftliche Absicherung kein so sensibles Beweismittel aushändige. Ich bin sicher, das verstehen Sie."

Der Mann lehnte sich vor, seine Augen blitzten gefährlich. „Verstehen? Was ich verstehe, ist, dass Sie gerade Zeit schinden wollen. Vielleicht arbeiten Sie für jemand anderen? Ein Verräter in unserer Branche hat keine lange Halbwertszeit."

Frederic ließ sich nicht beirren. „Drohen Sie mir? Das ist nicht gerade professionell. Ich bin hier, um eine geschäftliche Vereinbarung zu treffen, nicht um mich einschüchtern zu lassen."

Der Mann schlug mit der Faust auf den Tisch. „Hören Sie, wenn Sie denken, Sie könnten uns an der Nase herumführen, dann irren Sie sich gewaltig! Ich gebe Ihnen noch einen Tag, nicht zwei. Und keine Ausreden mehr."

Frederic blieb ruhig. „Ein Tag reicht nicht. Zwei Tage sind fair. Das ist mein letztes Angebot."

Für einen Moment herrschte Stille, nur das leise Surren des Ventilators im Raum war zu hören. Der Mann mit der Narbe funkelte ihn wütend an, bevor er tief durchatmete. „Gut. Zwei Tage. Aber denken Sie daran: Wir haben Möglichkeiten, herauszufinden, ob Sie bluffen."

Frederic stand auf. „Ich nehme zur Kenntnis, dass Sie wenig Vertrauen haben, aber ich bin sicher, dass wir eine Einigung finden. Wir sehen uns in zwei Tagen."

Mit diesen Worten verließ er den Raum, während Inspektor Schneider, der die gesamte Unterhaltung über das versteckte Mikrofon mitverfolgte, bereits die nächsten Schritte plante. Der Stick blieb sicher verwahrt, und Frederic hatte die Situation geschickt entschärft. Nun übernahm ein Staatsanwalt die weiteren Ermittlungen, um die Verstrickungen von Constantin in den Skandal aufzudecken.

8. Das Verhör

Frederic hatte bemerkt, dass der Mann mit der Glatze eine auffällige Narbe am Hals trug. Diesen entscheidenden Hinweis teilte er Inspektor Schneider mit, der keine Zeit verlor und den Mann umgehend auf das Revier vorlud. Dort setzte Schneider ein intensives Verhör an, um ihm unangenehme Fragen zu stellen. Zusätzlich arrangierte er eine Gegenüberstellung mit Frau Priller, die den Mann zweifelsfrei als denjenigen erkannte, der vermutlich Benjamins Wohnung durchwühlt hatte.

Im Verhörzimmer herrschte eine drückende Atmosphäre. Der Mann mit der Narbe saß mit verschränkten Armen auf einem harten Stuhl, sein Blick wanderte unruhig über den Tisch. Inspektor Schneider musterte ihn mit durchdringenden Augen, während er mit langsamer Stimme sprach: „Sie sind also der Meinung, dass Ihr Name hier rein zufällig gefallen ist? Sehr interessant. Erklären Sie mir doch, warum eine Zeugin Sie genau beschrieben hat."

Der Mann wich dem Blick des Inspektors aus. „Ich weiß nicht, wovon Sie reden," murmelte er, während er nervös an seiner Krawatte zupfte.

Schneider lehnte sich zurück und ließ eine lange Pause verstreichen, bevor er weitersprach. „Nicht schlecht. Aber wissen Sie, was ich nicht mag? Lügen. Und genau das tun Sie gerade." Seine Stimme wurde schärfer. „Wir haben Ihre Widersprüche. Ihre Narbe. Und jetzt auch eine Zeugin. Glauben Sie wirklich, Sie kommen hier so einfach raus?"

Schweißperlen bildeten sich auf der Stirn des Mannes, und er begann, sich unruhig zu bewegen. „Ich… ich habe nichts damit zu tun!" stammelte er, doch seine Stimme klang unsicher.

Schneider beugte sich nach vorne, seine Stimme wurde leise, fast bedrohlich. „Hören Sie, wir wissen bereits mehr, als Sie denken. Wenn Sie jetzt nicht auspacken, wird der Staatsanwalt Ihnen eine Freiheitsstrafe verpassen, bei der Ihre Karriere endgültig vorbei ist. Wollen Sie das wirklich riskieren?"

Der Mann schluckte schwer, sein Gesicht war schweißbedeckt. Er zögerte noch einen Moment, dann brach er ein. „Okay, okay! Ich sage alles! Aber ich will einen Deal!"

Schneider hob eine Augenbraue. „Sie reden zuerst, dann reden wir über Deals."

Der Mann wischte sich hektisch den Schweiß von der Stirn. „Es war der Vorsitzende… und einer der Teilhaber. Sie haben alles geplant – die Software, die Unfälle, alles! Sie wollten Primos ruinieren und den Markt übernehmen."

Schneider nickte langsam, seine Augen blieben auf

den Mann fixiert. „Das hätte ich mir denken können. Und was ist mit Benjamin? Waren Sie in seiner Wohnung?"

Der Mann zuckte zusammen, bevor er leise antwortete: „Ja… ich musste den Stick suchen. Sie sagten, es sei wichtig. Aber ich wusste nicht, dass es so weit gehen würde."

Schneider erhob sich und schloss die Akte vor sich. „Damit hätten wir, was wir brauchen. Der Staatsanwalt wird sich freuen. Viel Spaß dabei, Ihrem Boss zu erklären, warum Sie sich selbst aus der Schlinge ziehen mussten."

Der Mann ließ den Kopf sinken, sichtlich gebrochen. Schneider hingegen verließ den Raum, zufrieden mit dem Geständnis, das die Ermittlungen endlich auf die Zielgerade brachte.

9. Der Prozess

Nach einigen Wochen gingen die Verhandlungen im Mordprozess um Benjamin und die Schadensausgleichszahlungen an die Firma Primos in die entscheidende Phase. Der Geschäftsführer von Constantin hatte versucht, sich aus der Verantwortung zu ziehen, indem er die Schuld auf seine Mitarbeiter schob. Den Mord an Benjamin deklarierte er als tragischen Unfall. Doch die Beweislage war erdrückend.

Das schwarze Auto, das in den Mord verwickelt war, wurde schließlich gefunden: eine luxuriöse Limousine, die dem Geschäftsführer selbst gehörte. Untersuchungen und Zeugenaussagen belegten eindeutig, dass er den Befehl gegeben hatte, Benjamin zu überfahren, um ihn zum Schweigen zu bringen. Die ermittelnden Behörden ließen keinen Zweifel an seiner Schuld, und sein Versuch, die Tat als Unfall darzustellen, zerbrach unter dem Druck der Beweise.

Im Rahmen der Verhandlungen wurde auch der finanzielle Schaden der Firma Primos geklärt. Die Schadensersatzsumme belief sich auf 6 Millionen Euro – eine Summe, die es dem Unternehmen ermöglichte, sich langfristig zu erholen und die wirtschaftlichen Folgen des Skandals zu bewältigen.

Die Gerichtsverhandlung war ein Medienereignis, und die Öffentlichkeit verfolgte jedes Detail mit Spannung. Während der Geschäftsführer zu einer langen Haftstrafe verurteilt wurde, sahen sich einige seiner Mitarbeiter, die an den Machenschaften beteiligt waren, ebenfalls mit empfindlichen Strafen konfrontiert. Die Firma Constantin stand nun vor dem Ruin, während Primos einen Neuanfang wagte – mit dem Wissen, dass Gerechtigkeit für Benjamin und die betroffenen Opfer der Manipulationen gesiegt hatte.

Frederic wurde für seinen mutigen Einsatz von der Firma Primos in einer offiziellen Zeremonie geehrt. Die Geschäftsleitung lobte seinen entscheidenden Beitrag zur Aufklärung des Falls und überreichte ihm als Zeichen der Dankbarkeit ein brandneues Auto – eine Geste, die Frederic sichtlich bewegte.

Auch Inspektor Schneider würdigte Frederics Mut und seine Entschlossenheit. „Ohne Ihre Hilfe hätten wir diesen Fall nie so schnell lösen können," sagte er bei der Ehrung. Als Zeichen seiner Wertschätzung nahm Schneider die Einladung zu Frederics nächstem Violinkonzert an – ein Ereignis, das für Frederic von besonderer Bedeutung war.

10. Das Konzert

Das Konzert fand in einem eleganten Saal statt, und die Plätze waren bis auf den letzten gefüllt. Als Frederic die Bühne betrat, herrschte eine gespannte Stille. Doch bevor er mit dem Spiel begann, trat er ans Mikrofon. Seine Stimme war ruhig, aber voller Emotionen.

„Dieses Konzert widme ich meinem besten Freund Benjamin," sagte er, während seine Augen über die Menge wanderten. „Benjamin war nicht nur ein außergewöhnlicher Mensch, sondern auch ein unermüdlicher Kämpfer für das Richtige. Sein Verlust hat uns alle tief getroffen. Aber durch diesen Abend möchte ich sein Andenken ehren – und all das, wofür er stand."

Die Worte bewegten das Publikum, und als Frederic den ersten Ton spielte, schien die Musik den Raum mit einer besonderen Energie zu erfüllen. Inspektor Schneider, der in der ersten Reihe saß, lauschte aufmerksam, berührt von der tiefen Verbundenheit zwischen Frederic und Benjamin.

Am Ende des Konzerts erhoben sich die Besucher zu einem langen Applaus. Frederic verneigte sich tief, sein Blick kurz zum Himmel gerichtet, als wollte er seinem Freund danken. Dieser Abend wurde nicht nur zu einer Hommage an Benjamin, sondern auch zu einem Symbol für Mut, Gerechtigkeit und Freundschaft.

Inhaltverzeichnis zu „Geigenkasten":

Personenverzeichnis zu „Geigenkasten":

Frederic Maurice

Benjamin Bouldwin

Karl Schneider, Inspektor

Jean

Frau Priller

Mark Burr

Britta

Karolin und Kurt Bouldwin

Stefan Müller

Mann mit der Narbe

Staatsanwalt